« Évidemment que ça finit mal sinon ça finirait jamais »

— Fianso (Sofiane Zermani)

« Évidemment que ça finit mal
sinon ça finirait jamais »
– Fianso (Sofiane Zermani)

Angélina Baptista

© 2023 Angélina Baptista

Édition : BoD – Books on Demand, info@bod.fr
Impression : BoD – Books on Demand, In de Tarpen 42,
Norderstedt (Allemagne)

Impression à la demande

Phrase du titre : Sofiane Zermani

ISBN : 978-2-3220-7730-4
Dépôt légal : Février 2023

Merci à l'incroyable Sofiane Zermani, rappeur, acteur & producteur pour sa phrase devenue titre de ce livre :

« ÉVIDEMMENT QUE ÇA FINIT MAL SINON ÇA FINIRAIT JAMAIS »

PROLOGUE

« Il l'a manipulée.

C'est ce qu'ils ont dit, tous. Elle a été manipulée et utilisée. Ce n'est pas sa faute. Ça aussi, ce sont eux qui l'ont dit. C'est lui le coupable, c'est lui qui lui a dit ce qu'elle devait faire, qui l'a menacée et qui lui a promis une vie meilleure si elle faisait tout ce qu'il disait. Nasser. C'est lui son bourreau, c'est lui qui a tout orchestré ce qu'elle a pourtant fait de ses mains.

L'homme qu'ils ont dépeint, elle ne le connait pas.

Ils ne connaissent qu'une partie de l'histoire. Ils ne connaissent qu'une partie de cet homme qui a tant compté dans sa vie.

Pour elle, Nasser n'était pas son bourreau.
Il était son héros. »

CHAPITRE UN

Elle l'attendait. Assise sur un banc, elle lançait des regards à droite et à gauche, impatiente. Il était en retard, comme toujours. Elle aurait aimé qu'il ne le soit pas aujourd'hui, mais il n'y avait pas de raison qu'aujourd'hui soit meilleur qu'hier ou qu'avant-hier. Chaque jour qui passait était identique au précédent et elle avait fini par s'y faire.

Elle l'attendait, et essayait de maîtriser l'impatience qui surgissait en elle. Quelques minutes plus tôt, elle avait appelé Nasser en pleurs et il lui avait simplement donné rendez-vous à leur endroit habituel. Il ne lui avait même pas demandé ce qu'elle avait.

Il vint la rejoindre à quatorze heures et quarante- cinq minutes, soit un quart d'heure plus tard que ce qui était prévu. Il s'assit à côté d'elle. Sans oser prendre la parole, elle le regardait.

Des grands yeux noirs, si noirs qu'il était dur de distinguer ses pupilles de ses iris, de fines lèvres, un long nez, un teint hâlé et des cheveux bruns. Mélina connaissait ce visage par cœur, pour l'avoir vu tous les jours pendant quatre ans. Nasser était grand et toutes les femmes le trouvaient beau mais pour Mélina et ses plus de seize ans d'écart avec lui, il était le grand frère qu'elle n'avait jamais eu.

— Qu'est-ce qui se passe ? Pourquoi tu pleurais au téléphone ? demanda-il enfin, brisant le silence qui commençait à s'installer.
— Il m'a quittée.
— Qui ça ?

Elle le regarda longuement, se demandant s'il l'avait vraiment écoutée une seule fois de sa vie pour poser une question aussi stupide.

— Bah Ali, mon copain, tu veux que ça soit qui ?
— Tant mieux. Il te méritait pas.
— Je l'aime.

Cette fois, c'est lui qui la regarda longtemps et elle se sentit ridicule d'aborder ce sujet-là avec lui. Il n'en avait sûrement rien à faire de son histoire d'amour, aussi sincère et pur soit son amour pour Ali. D'ailleurs, il n'avait jamais aimé ce dernier depuis le jour où elle s'était mise avec lui, il y avait de cela exactement huit mois, lui rabâchant sans cesse qu'elle était trop jeune pour avoir un copain et qu'Ali ne la méritait pas. Mais à dix-huit ans, Mélina estimait qu'elle avait le droit d'avoir un garçon dans sa vie et que Nasser était juste bien trop protecteur.

— Est-ce qu'il t'a fait du mal ?
— Quoi ?
— Est-ce qu'Ali t'a fait du mal ?

Son ton avait monté et à la fin de sa question, Nasser s'était levé. Elle eut envie de lui hurler qu'Ali l'avait toujours respectée et aimée, et que c'était sa faute et uniquement de la sienne s'il avait fini par la quitter. Mais elle se retint, craignant les foudres de cet homme qu'elle ne connaissait que trop bien. Quand il s'énervait, cela pouvait être impressionnant et elle ne tenait pas à voir cela une nouvelle fois, pas aujourd'hui en tout cas. Elle n'en avait pas la force.

— Non. Il ne m'a rien fait. On s'entendait plus, c'est tout.

Ce n'était pas exactement la vérité, mais Nasser n'avait pas besoin d'en savoir plus.

— C'est mieux comme ça. Tu dois te concentrer sur notre projet. L'amour, c'est pas important. Pas à ton âge, en tout cas.

Ce qu'il appelait « leur » projet n'était en fait que son projet à lui. Projet auquel il avait forcé Mélina de prendre part. Et ce n'était pas le genre de plan que la jeune fille avait envie d'accomplir. C'était cruel et immoral. Et surtout très illégal. C'était cela qui lui faisait peur, encore plus que d'avoir un mort sur la conscience. Elle ne voulait pas finir sa vie en prison. Cette fois, en y pensant, les larmes coulèrent. Elle ne put plus les retenir. Elle avait peur de ce qui allait se passer, peur de ne pas être à la hauteur, de ne pas réussir à effectuer l'horrible tâche qu'on lui avait assignée.

— Je ne vais pas réussir. Tu me connais, tu devrais le savoir.

Nasser approcha ses deux mains de son visage et elle imagina pendant quelques secondes qu'il allait s'en servir pour la frapper, mais il les posa délicatement sur ses joues. Du bout de ses pouces, il essuyait les larmes de celle qu'il considérait comme sa petite sœur.

— Tu vas réussir. Je le sais.

Elle approcha lentement sa main et la posa sur celle de son ami.

— Tu me fais confiance, non ?

Après un instant d'hésitation, elle finit par se forcer à lui répondre.

— Oui. Évidemment que je te fais confiance.

C'était vrai. Elle lui faisait confiance. Nasser était son grand frère. Elle éprouvait à son égard un mélange d'amour, d'admiration et de crainte. Du haut de ses trente-cinq ans, il était aux yeux de l'adolescente de dix-huit ans un homme fort, capable de tout, qui n'avait peur de rien et à qui tout réussissait. Et par-dessus tout ça, elle rêvait d'être comme lui.

Mais Mélina était loin d'être naïve. Elle savait qu'il n'était pas parfait, qu'il exerçait des activités illégales et qu'il était en train de l'entraîner dedans. Mais les arguments de Nasser étaient toujours très bons, tout comme ses promesses et elle se laissait à chaque fois berner par ses belles paroles.

Même si elle l'avait voulu, comment aurait-elle pu vivre sans lui ? C'était lui qui la nourrissait, lui qui avait payé le téléphone portable qu'elle avait dans la main. Il lui avait tout appris, tout réappris même, jusqu'au simple fait de vivre. Elle lui devait tout.

Tous les deux s'étaient rencontrés quatre ans auparavant, lors d'un incendie qui avait coûté la vie à la famille de Mélina. Il l'avait extirpé de là. Depuis, ils étaient devenus très proches. Elle habitait chez sa tante, mais cette dernière ne s'occupait pas vraiment d'elle.

Nasser était quelqu'un de très respecté dans le quartier de banlieue parisienne où ils habitaient et Mélina appréciait la sécurité qu'être près de lui lui permettait d'avoir. Elle savait qu'il casserait la gueule de n'importe qui qui lui ferait du mal. On ne touchait pas à un proche de Nasser. C'était la règle.

— Viens, on va chez moi.
— Ma tante m'attend. Je dois aller l'aider.

C'était un mensonge, encore une fois. Elle ne se sentait pas apte à le suivre chez lui. Elle n'avait pas envie de passer plus de temps avec lui aujourd'hui. Plus le temps passait et plus elle réalisait que celui qu'elle considérait comme son héros était en train de la contraindre à faire quelque chose qu'elle ne voulait pas faire. Et ça, ce n'était pas normal. Elle le savait, tout au fond d'elle.

— Tu lui diras que t'étais avec moi, t'inquiète pas.
— Elle a vraiment besoin de mon aide.
— T'inquiète pas, je t'ai dit.

Nasser passa son bras autour des épaules de sa petite sœur et ils avancèrent vers un des nombreux bâtiments de la rue. L'homme habitait au quatrième étage. Ils ne prirent pas l'ascenseur. Ils montèrent les escaliers en silence. Mélina n'eut pas envie de parler. Elle se sentit mal, comme oppressée par le bras qui la tenait, par sa respiration qu'elle sentait si près d'elle, par la simple pensée qu'elle allait devoir ôter la vie à quelqu'un.

L'appartement était vide quand ils y arrivèrent. Ça faisait maintenant quelques années que la femme de Nasser était partie, fuyant l'homme compliqué qu'elle avait épousée jeune. Elle lui avait laissé leur fils, Mehdi, âgé de sept ans. Le petit garçon passait beaucoup de temps auprès de sa famille maternelle.

Mélina s'assit sur le canapé, pendant que Nasser alla chercher des boissons dans la cuisine. Elle regarda autour d'elle, cet appartement qu'elle connaissait par cœur. Elle ne connaissait Nasser que depuis seulement quatre ans, mais elle avait parfois l'impression qu'ils se connaissaient depuis toujours. Elle n'était plus la petite fille de quatorze ans désespérée qu'elle était à l'époque. Toute la force qu'elle avait acquise depuis ce jour-là, elle la devait à Nasser.

— Pourquoi tu veux absolument que ce soit moi qui fasse ça ?

Elle cria ça depuis le salon, alors que Nasser était encore dans la cuisine. Elle n'osait pas lui poser cette question en face à face. Aucune réponse ne lui vint. Elle entendit le réfrigérateur se refermer et des pas venir en direction d'elle.

Nasser lui tendit une canette de soda, qu'elle prit. Elle se dit qu'il faisait sûrement semblant de ne pas avoir entendu sa question.

Il lui sourit, et Mélina fut heureuse. Elle aimait tant quand il souriait. C'était son rayon de soleil de la journée. Son rayon de soleil de sa vie entière. S'il était heureux, alors elle était heureuse.

— Je peux pas t'en dire plus. C'est mieux que tu en saches le moins possible.

— Donc si j'ai bien compris, je suis censée faire quelque chose qui pourrait me coûter la vie, sans poser de questions. Je n'ai même pas le droit de savoir pourquoi c'est moi qui dois faire cette chose-là.

— Ça ne va pas te coûter la vie. Mais sinon, oui, c'est exactement ça.

— Et tu trouves ça juste ?

— Il n'y a pas de justice dans ce monde. Et encore moins ici.

Mélina se retint à nouveau de lui hurler dessus. La situation était déjà compliquée, il ne fallait pas l'empirer. Mais elle ne comprenait pas pourquoi l'homme qu'elle aimait le plus au monde lui faisait faire une chose pareille.

— Je vais sûrement mourir ou finir en prison. Je t'aime, Nasser, et tu le sais. Je ferais n'importe quoi pour toi. Mais là, tu vas me sacrifier. Et je n'arrive pas à comprendre pourquoi. On est censé être amis, non ?

C'était rare qu'elle lui disait qu'elle l'aimait. Nasser se leva. Il s'assit à côté de la jeune fille. Il prit son visage entre ses mains.

— Tu te souviens de ce que je t'avais promis le jour où on s'est connus ?

— Oui. Je m'en souviens, Nasser.

— Je t'avais promis de toujours te protéger. Et je vais le faire. Tu ne mourras pas. Tu n'iras pas en prison. Je serai là pour te sortir de n'importe quelle situation.

— Nasser…

— N'aie pas peur, petite sœur. Je serais toujours là.

— Je sais.

Mélina savait que Nasser ne la laisserait pas tomber, mais elle avait quand même peur. Les choses pouvaient mal tourner indépendamment de sa volonté.

— Et pour répondre à ta question, tu es plus que mon amie, tu es ma sœur. Et je ne laisse jamais tomber ma famille.

Mélina sourit. Elle regarda Nasser pendant quelques secondes. Puis, il ôta ses mains de son visage et la prit dans ses bras. Elle ferma les yeux.

C'était lui sa famille désormais.
Et pour les gens qu'elle aimait, Mélina avait toujours été prête à faire n'importe quoi.

CHAPITRE DEUX

« NE LUI PARLE PAS DE TA SOUFFRANCE, DE TA HAINE.
IL NE POURRA PAS T'AIDER, IL A EXACTEMENT LA
MÊME. »

• • •

La nuit était installée depuis une bonne heure.
Mélina regardait les étoiles depuis la fenêtre de
sa chambre. Elle aimait beaucoup les regarder.
Elle se demandait si sa mère, son père et sa
petite sœur étaient là, quelque part dans le ciel,
comme le disaient beaucoup de personnes. Elle
avait du mal à y croire, mais dans ses nuits les
plus dures, elle essayait de se raccrocher à cette
idée-là.

Son téléphone sonna et elle le prit dans ses
mains. Nasser venait de la déposer devant chez
elle depuis seulement une heure et voilà qu'il
l'appelait déjà. Elle ne décrocha pas. À la place
de cela, elle balança le portable plus loin sur son
lit et continua d'admirer le ciel :

  –   J'aimerais tellement que vous soyez là,
      murmura-t-elle.

Mélina était certaine que sa famille n'aurait pas apprécié Nasser. Ils auraient été obligés d'être reconnaissants de l'avoir sauvée. Mais une chose était sûre, ils ne l'auraient pas laissé entraîner leur fille. Mais tout était différent maintenant qu'ils n'étaient plus là. Désormais, la seule personne qui pouvait là protéger, c'était Nasser, mais il ne pouvait pas, et là était tout le drame de la situation, la protéger de lui-même.

Le téléphone de la jeune fille sonna encore et encore. Elle n'eut toujours pas envie de répondre et comme toujours quand cela arrivait, se décida à l'éteindre. Au moins, Nasser tomberait sur sa messagerie et se dirait qu'elle n'avait plus de batterie.

Les étoiles brillaient beaucoup ce soir-là et Mélina aurait aimé y voir un signe, mais elle ne vit rien. Les personnes qu'elle aimait le plus au monde étaient décédées, la laissant seule et depuis il n'y avait plus rien. Pas d'espoir, pas de signes, rien du tout. Elle était comme tombée dans un trou immense dont seul Nasser arrivait à la sortir. Sa vie avait radicalement changé, du jour au lendemain, passant d'un quartier paisible à une banlieue. D'une famille aimante à un homme dur. Elle s'estimait quand même chanceuse. Nasser était gentil, la plupart du temps. Mais elle y pensait tous les soirs, à ces quatre dernières années si différentes de ce qu'elle avait connue auparavant.

Aux côtés de Nasser, elle avait tout connu. La tristesse, le désespoir, la peur, la violence, l'amitié, l'amour, la haine. Elle le détestait autant qu'elle l'aimait. Elle ne voyait pas sa vie sans lui, mais parfois, tout au fond d'elle, elle rêvait qu'il disparaisse de son quotidien.

Après le drame, Mélina se serait laissée mourir s'il n'avait pas été là. Elle le savait. Elle y pensait souvent aussi, à ça. À l'heure qu'il était, elle pourrait ne plus être de ce monde. Il lui arrivait de se dire que ça aurait été mieux ainsi.

Elle l'avait dit une seule fois de vive voix, à Nasser. Ce dernier s'était mis en colère, d'une façon dont Mélina ne l'avait jamais vu en colère. Il lui avait dit des tas de choses blessantes, lui reprochant de ne pas voir la chance qu'elle avait, lui reprochant de vouloir changer le destin. Il lui avait dit que ses parents ne seraient pas fiers d'entendre ça, et que lui non plus ne l'était pas.
Elle avait eu envie de pleurer, mais elle ne l'avait pas fait. Elle avait encaissé ses mots, comme à chaque fois qu'il s'énervait. Puis, ils n'en avaient plus jamais reparlé et ils avaient repris leurs occupations.

Leur amitié ne pouvait pas se briser, Mélina en était persuadée. Après toutes les disputes qu'ils avaient endurées, certaines plus horribles que d'autres, leur amitié était toujours là, intacte.
Nasser était le frère que la vie avait oublié de lui donner. Mais qu'elle avait finalement bien fait d'oublier de lui donner à sa naissance, pour qu'il puisse apparaître quand elle n'avait plus personne.

Elle s'endormit vers une heure du matin. Quand elle se réveilla, elle alluma son téléphone et vu qu'elle avait une vingtaine d'appels manqués de Nasser. Elle n'y fit pas attention et alla dans la cuisine, pour prendre son petit déjeuner. Sa tante était déjà au travail et ses deux cousines à l'école.

Mélina n'avait aujourd'hui cours à l'université qu'à partir de dix heures. Sa tante tenait à ce qu'elle s'y rende tous les jours et à qu'elle ne rate aucun cours, mais Mélina ne respectait pas toujours cette règle, souvent à cause de Nasser qui insistait pour qu'elle le suive dans ses affaires douteuses.

Après avoir mangé son petit-déjeuner et s'être préparée, elle sortit de l'appartement. À peine arrivée en bas de l'immeuble qu'elle vit Nasser sortir de nulle part et se diriger vers elle d'une marche rapide.

— T'étais où ? Pourquoi tu ne réponds pas au téléphone ?

Il était en colère. Elle le vit tout de suite, au ton de sa voix, à l'expression de son visage. Nasser n'aimait pas être ignoré. Il fallait toujours être là quand il le demandait, à l'heure qu'il le demandait.

— J'étais fatiguée. Je me suis endormie tôt.
— Et en te réveillant ? Tu aurais dû me rappeler tout de suite.
— Je me suis réveillée en retard. J'ai dû me dépêcher, je n'ai pas eu le temps de regarder mon téléphone.
— En retard ? Tu te fous de moi ? Il est à peine neuf heures trente et tu commences à dix heures ! La fac est à cinq minutes.

Le mensonge n'était pas le point fort de Mélina. Elle n'eut pas le temps de répondre. Tout juste le temps de réfléchir à ce qu'elle aurait bien pu lui rétorquer que Nasser la tirait déjà par le bras jusqu'à sa voiture, où elle comprit qu'elle devait monter. Elle s'assit, sans une protestation, pendant qu'il prenait la place conducteur.

— On va où ? risqua-t-elle de demander, après cinq minutes à rouler dans le silence.
— J'ai des trucs à amener à un gars. Ça sera pas long.
— Des trucs ?
— T'occupe pas.

Mélina comprenait directement quand elle ne devait pas poser de questions. Elle avait l'habitude. Elle connaissait les trafics auxquels était mêlé Nasser. La jeune fille était contre ce genre de choses, mais savait qu'elle ne pouvait rien faire pour changer cela.

Elle resta silencieuse lorsque Nasser sortit de la voiture, prit un sac dans le coffre et se rendit dans le sous-sol d'un bâtiment. Elle resta silencieuse aussi quand il revint, les mains vides et que la voiture redémarra. Elle resta silencieuse durant tout le trajet et même lorsqu'ils s'arrêtèrent, après une demi-heure de route.

Ils étaient arrivés dans un endroit complètement désert. Il n'y avait que de l'herbe, à perte de vue devant eux. Pas d'habitations, de bâtiments, d'animaux, d'humains. Juste tous les deux.

Nasser sortit un pistolet et pendant quelques secondes, elle imagina qu'il allait la tuer ici, lui tirer une balle en plein cœur. Elle se reprit rapidement et se sentit bête d'avoir imaginé une chose pareille.

— Je vais t'apprendre à tirer.

Il lui tendit l'arme. Elle le regarda, sans réagir. Elle n'eut pas envie de prendre l'arme dans ses mains. Elle eut terriblement peur, comme si le simple fait de la posséder allait lui donner envie de tuer.

— Prends là, lui ordonna-t-il.

Son regard était puissant. Elle se sentit obligée de lui obéir. Elle tendit la main, lentement, et prit l'arme. Elle tremblait.

Nasser montra à Mélina comment tenir le pistolet et comment se positionner. Quand elle rata sa cible, il n'émit aucun commentaire et continua de l'entraîner. Quand quelque chose était en sa faveur, Nasser se montrait toujours très sérieux. Il lui apprenait tout ce qu'il fallait savoir, sans s'impatienter ni se mettre en colère quand elle ne comprenait pas. Mélina aurait aimé qu'il utilise cet enthousiasme pour lui apprendre d'autres choses. N'importe quoi, mais des choses légales.

C'est au bout de trois heures que Nasser décida qu'il était temps de rentrer.

— On reviendra demain. J'ai faim. Tu viens manger avec moi ?
— Oui.
— T'as cours cette après-midi ?
— Oui. Je commence à quinze heures.
— Il est treize heures. T'auras le temps d'y être.

Après trente minutes de trajet, ils commandèrent à manger dans un fast-food. Nasser se leva dès qu'il eut fini de manger.

— J'y vais, j'ai un truc à faire. Tu veux que je te dépose quelque part ?
— Non, ça va, merci. L'université n'est pas loin.
— D'accord. On se retrouve demain devant chez toi.
— J'ai cours demain.
— Demain. Sept heures du matin. Sois à l'heure.

Mélina n'eut pas le temps de protester. La porte du restaurant se refermait déjà. Elle resta assise quelques minutes avant de se lever et de rejoindre l'université. Un jeune homme blond aux yeux bleus accourut vers elle. C'était son ami, Lucas.

— T'étais où ce matin ? lui demanda le jeune homme.
— Avec Nasser. Longue histoire. Ça va ?
— Très bien et toi ?
— Ça va, merci. Tu pourras me donner tes notes de cours ?
— Oui, bien sûr. Mais fais attention. C'est pas bon d'être autant absente.
— Si seulement je pouvais y faire quelque chose. Mais tu connais comment est Nasser. C'est compliqué.
— Tu devrais lui expliquer que les cours sont importants pour toi.
— T'inquiète pas, Lucas. Je vais me débrouiller.

Lucas ne répondit pas. Il savait à quel point la vie de Mélina pouvait être compliquée. Il l'avait compris simplement en voyant la relation qu'elle entretenait avec Nasser. Il ne connaissait pas ce dernier personnellement, mais il entendait beaucoup parler de lui dans le quartier.

Les deux adolescents rejoignirent leur premier cours de l'après-midi. Mélina n'arrivait pas à se concentrer. Elle pensait à Nasser, à ce qu'ils avaient fait ce matin, à ce qu'il avait prévu pour elle dans deux semaines. Elle se dit qu'étudier ne servait à rien, que sa vie était sûrement déjà foutue.

Peut-être que c'était ça son destin. Peut-être que certaines personnes héritent d'un destin tragique et ne peuvent rien y faire.

CHAPITRE TROIS

Comme à chaque fois qu'elle voyait Nasser tôt, Mélina avait peur d'être en retard. Elle ne le fut pas. À six heures cinquante huit, elle fut arrivée en bas de son immeuble. La rue était déserte. C'était rare qu'elle l'était.

Contrairement à ses habitudes, Nasser arriva pile à l'heure. Elle monta dans sa voiture.

— Ça va ? lui demanda-t-il.
— Ça peut aller. Et toi ?
— Oui.
— On va où ?
— Au même endroit qu'hier.

Mélina ne répondit pas. Il y avait des jours comme ça, où elle ne savait plus quoi lui dire. Elle savait que son avis ne comptait pas. Elle se mit à regarder dehors. Le soleil commençait à se lever. Il allait faire beau aujourd'hui. Elle aimait bien quand il faisait ce temps-là. Elle détestait les jours de pluie.

Elle se souvint avec une pointe de tristesse du jour où la pluie était tombée trop tard pour éteindre le feu. Il lui paraissait si lointain, comme si elle l'avait vécu dans une autre vie, comme si elle était devenue une autre personne depuis. Elle se souvint de la nuit, des cris, d'avoir été entourée de flammes. Elle se souvint des bras qui l'avaient soulevée du sol, la sauvant de la mort. Elle se souvint de sa première rencontre avec cet homme, cet ange tombé du ciel, qui était aujourd'hui assis à côté d'elle.

— Je crois que je vais me faire virer de l'université.

Nasser ne se tourna même pas vers elle. Il continuait de regarder la route, sans lui adresser un regard.

— Pourquoi ?
— Parce que je suis souvent absente.
— Ils sont bêtes s'ils te virent pour ça.

Elle avait espéré qu'il lui dirait qu'il allait faire attention à ne plus la faire s'absenter. Mais il n'en avait rien à faire. Il ne pensait qu'à lui-même. Les études n'avaient jamais intéressé Nasser, bien que très curieux et intelligent. Il les avait arrêté très tôt, avait travaillé quelques années avant de vivre de ses activités illégales. Entre temps, il avait eu une femme, qu'il n'avait pas su faire rester et un fils, qu'il essayait tant bien que mal d'élever. Mélina connaissait bien le petit Mehdi. Elle l'avait connu alors qu'il n'avait que trois ans et ils s'étaient directement bien entendus. Quand sa mère était partie, laissant le petit garçon seul avec son père, elle s'était dit qu'elle s'occuperait de lui si Nasser était un jour mis en prison. Mais désormais, elle n'était plus sûre de pouvoir être là. C'était même peut-être elle qui finirait en prison.

Anna, la mère de Mehdi était une jeune femme très gentille. Mélina l'avait côtoyé pendant quelques mois. Elle ne paraissait pas malheureuse avec son mari et son fils, mais quand elle avait foutu le camp, sans donner de nouvelles à personne, Mélina n'avait pas été étonnée. Nasser n'avait pas montré ce qu'il ressentait. Il avait continué sa vie, la tête haute.

Mélina espérait que Anna était heureuse, peu importe où elle était, et qu'elle ne souffrait pas trop de ne plus voir son enfant. Elle se demandait si l'amour maternel pourrait la pousser à revenir un jour mais elle savait que c'était mieux que ça ne soit pas le cas. Elle comprenait la décision qu'avait prise la jeune mère, celle de quitter son mari sans laisser de trace. Si elle avait parlé de séparation, Nasser l'aurait sûrement retenu. Malgré tout l'amour qu'elle avait pour celui qu'elle considérait comme son frère, elle savait qu'il n'était pas le mari rêvé. Mais elle ne comprenait pas la décision de Anna d'avoir laissé Mehdi. Laisser seul un enfant, seul avec un homme qu'on veut nous-même fuir.

La voiture s'arrêta, au même endroit que la veille. Nasser lui apprit à se servir d'une arme et comme la veille, Mélina eut des frissons au simple contact de l'objet. Elle voulut fuir mais elle en était incapable.

Elle se demandait pourquoi avait-elle de plus en plus envie de fuir Nasser. C'était illogique. Elle l'aimait pourtant tellement. Peut-être que son subconscient essayait de la prévenir de quelque chose. Mais qu'est-ce qu'elle pouvait bien faire ? Elle n'avait aucun moyen de se sortir de cette situation. Elle essayait de se rassurer en se disant que l'envie de fuir venait simplement de l'arme. Elle détestait les armes, c'était tout.

— Je suis fier de toi, ma sœur, lui dit-il quand ils furent à nouveau dans la voiture.

Elle fut étonnée. C'était rare qu'il lui disait ce genre de choses.

— Pourquoi ?
— Tu apprends vite. Tu as déjà fait des progrès. Je suis vraiment fier de toi.

Il l'embrassa sur le front. La joie emplissait le cœur de Mélina. Nasser était fier d'elle et il l'avait dit deux fois. C'était la plus belle récompense qu'il pouvait lui donner. S'il était fier d'elle alors tout allait bien. C'était tout ce qu'elle voulait, le rendre fier. Il méritait au moins ça.

— Tu peux y aller, si tu veux. En cours.
— D'accord. À plus tard.
— À plus tard, ma sœur.

Elle ne se fit pas prier. Elle sortit de la voiture et attendit que Nasser s'éloigne. Mais elle n'eut pas envie d'aller à l'université. Il ne restait qu'à peine une heure avant la fin de la matinée de cours. Elle prit le chemin inverse. Sur le chemin, elle croisa quelques amis de Nasser, qui la saluèrent rapidement. Tout le monde savait qu'elle était proche de lui.

Dans le quartier et dans ceux voisins, beaucoup de personnes avaient peur de Nasser. Mélina ne comprenait pas toujours pourquoi. Pour elle, même si elle connaissait ses mauvais côtés, il restait un homme bon et généreux. Peu de personnes auraient fait ce qu'il faisait pour elle depuis maintenant quatre ans. Il méritait beaucoup de reconnaissance. Elle espérait qu'un jour il puisse être complètement heureux et renoncer à sa vie d'hors la loi.

— Excuse moi, tu es bien Mélina ?

Une jeune fille blonde venait de s'approcher de Mélina. Elle fronça les sourcils. Elle ne se rappelait pas avoir déjà vu ce visage.

— Oui, pourquoi ? On se connaît ?
— T'es bien la petite sœur de Nasser ?
— On peut dire ça comme ça, oui. Tu le connais ?

Mélina n'eut pas le temps de réagir. La jeune fille se jeta sur elle et la planta avec un couteau. Elle hurla de douleur et s'écroula contre le mur. Quand elle regarda à nouveau devant elle, la jeune fille avait disparu.

Beaucoup de sang coulait. Il n'y avait personne dans la rue. Mélina fit des efforts pour attraper son téléphone et envoyer sa localisation à Nasser, suivi d'un message « Viens vite, urgent ».

Mélina sentait ses forces la quitter. Elle se battait pour ne pas s'évanouir. Elle se demanda si on pouvait mourir de cette façon. Mais elle arriva rapidement à la conclusion que c'était peu probable. Le couteau ne semblait pas avoir touché d'organe vital.

Les minutes parurent des heures pour Mélina avant que la voiture de Nasser se gare à quelques mètres d'elle. Il en sortit et se précipita vers la jeune fille.

— Putain, qu'est-ce qui s'est passé ? Non, tu m'expliqueras plus tard.

Nasser aida Mélina à entrer dans sa voiture.

— On va chez moi. J'ai tout ce qu'il faut pour recoudre une plaie.
— Quoi ? On va pas à l'hôpital ?
— Non. C'est mieux comme ça. Fais-moi confiance.
— Mais t'es pas médecin, Nasser ! Tu vas pas me recoudre !

Une violente douleur s'empara d'elle, la forçant à se taire. La voiture se gara devant l'immeuble de Nasser. L'homme la prit dans ses bras et la porta jusqu'à son appartement. Elle avait terriblement mal, mais elle ne disait rien. Elle n'avait même plus la force de dire quoi que ce soit.

Elle perdit connaissance dans ses bras, avant même qu'il ne la pose sur le canapé. Il la laissa seule quelques secondes et revint avec de quoi soigner et refermer la plaie. Il lui fit une anesthésie locale, au cas où elle reprendrait connaissance.

Quand il eu fini, il posa une couverture sur elle et lui embrassa le front. Puis il resta longtemps auprès d'elle, attendant qu'elle se réveille. Il voulait savoir ce qui lui était arrivé.

Endormie à côté de lui, blessée, elle paraissait encore plus à sa merci qu'elle ne l'avait jamais été.

CHAPITRE QUATRE

Mélina reprit doucement connaissance. Elle regarda autour d'elle, perdue, avant de se rendre compte qu'elle était dans l'appartement de Nasser. Tout lui revint en tête : la jeune fille qui l'avait plantée, l'arrivée de Nasser, qui avait insisté pour la soigner lui-même. Puis un énorme trou noir.

Du bout des doigts, elle toucha sa plaie et sentit qu'un pansement avait été appliqué. Nasser entra dans le salon. Il se précipita vers elle en voyant qu'elle était réveillée.

— Comment tu te sens ?
— Ça va. Je n'ai pas trop mal.
— Je t'ai recousu.
— Je sais.

De ses grands yeux verts, elle le regardait. Elle se dit que le regard de Nasser était différent de d'habitude, qu'il paraissait triste. Elle avait toujours eu l'impression qu'il ne l'était jamais, que rien ne l'atteignait.

— Qu'est-ce qui s'est passé ? Qui t'a fait
ça ?
— Une fille. Je ne la connais pas.
— Explique-moi. Je veux tout savoir. Le
moindre détail.
— Je marchais dans la rue quand une fille
est venue me voir. Elle m'a demandé si
j'étais bien Mélina et si j'étais bien ta
sœur. Puis elle m'a plantée et elle s'est
enfuie. J'ai réussi à t'envoyer un
message malgré l'atroce douleur. La
suite tu la connais.
— Cette fille elle était comment ?
— À peu près de la même hauteur que moi,
mince, cheveux blonds.

Mélina vit dans les yeux de Nasser toute la rage
qu'il ressentait à cet instant précis. La tristesse
l'avait rapidement quitté. Il voulait retrouver
cette fille et la faire payer. Peu importe que ça
ne soit sûrement qu'une gamine.

— Elle devait avoir quatorze ou quinze
ans, ajouta Mélina. C'est sûrement
quelqu'un qui l'a envoyée.

Nasser resta silencieux. Ce n'était pas dans ses
habitudes. Mélina n'insista pas. Elle se dit qu'il
réfléchissait sûrement. Elle n'avait pas tort.
Nasser était en train d'imaginer toutes les

possibilités, de faire la liste de toutes les personnes qui auraient pu vouloir du mal à sa protégée. Il se disait que c'était sûrement un moyen de l'atteindre lui, ou un avertissement.

— Je vais la retrouver.
— Je sais, répondit simplement Mélina.

L'adolescente ne doutait pas des capacités de Nasser à retrouver celle qui lui avait fait ça. Elle savait qu'il n'abandonnerait pas avant d'avoir réussi. Elle ne préférait pas imaginer ce qui allait arriver à la jeune blonde s'il la retrouvait. Imaginer, ce serait se faire du mal inutilement. Nasser prit la main de Mélina dans la sienne.

— Je vais faire plus attention à toi
  maintenant. T'inquiète pas.

Elle lui sourit. Elle eut envie de lui qu'elle avait peur, qu'elle aurait pu mourir aujourd'hui et que c'était sûrement de sa faute mais elle se retint. Il savait ce qu'il faisait. Elle ne devait rien dire.

— Vaut mieux pas que ta tante voie ça. Tu
  vas rester ici quelques jours.
— Comme tu veux. Je vais l'appeler.
— Non, laisse. Je vais le faire tout à
  l'heure.

— D'accord.

Épuisée, elle ferma les yeux. Nasser prit son téléphone et alla dans la pièce à côté.

— Allô ?
— Allô ? Nasser, ça va ? lui répondit la voix d'un homme.
— Pas trop. Il y a Mélina qui s'est faite plantée.
— Quoi ? Mélina ? Où ? Par qui ?
— Dans le quartier. Par une fille apparemment.
— Elle va bien ?
— Oui. Je l'ai soignée. Mais je dois retrouver cette gamine.
— Bien sûr, mon frère, je comprends. Je vais t'aider. T'as quoi comme infos sur elle ?
— D'après Mélina, elle est blonde. Et elle a quatorze ou quinze ans.
— Faut retrouver le mec qui est derrière tout ça, pas la fille. On va pas faire du mal à une enfant, si ?
— Je veux les deux. Le gars qui est derrière tout ça, et la fille qu'il a envoyée.
— Comme tu veux, Nasser. Je vais voir ce que je peux faire.
— Je vais enquêter de mon côté aussi.

— Parfait. Je dois y aller. On s'appelle demain ?
— Ça marche. À plus tard mon frère.
— À plus tard Nasser. Prend soin de Mélina.

Nasser posa son téléphone portable. Il n'en avait rien à faire de faire du mal à une enfant. La personne qui avait orchestré tout ça ne s'était pas dit qu'il devait épargner Mélina parce que c'était une jeune fille. Il retourna dans le salon. Sa sœur dormait toujours. Il la regarda longuement. Il pensait à tout ce qu'elle représentait pour lui, à tout ce qu'ils avaient traversé ensemble. Il ressentait beaucoup d'amour fraternel pour elle et un immense besoin de la protéger.

— Tu seras bientôt remise. J'ai de grands projets pour toi, ma sœur, chuchota-t-il.

Elle ne se réveilla pas. Il se leva, prit sa veste et sortit de l'appartement. Il se dit qu'il ne pouvait rien arriver à Mélina ici et se promit de revenir vite. En bas de l'immeuble, il serra les mains de quelques hommes avant de continuer rapidement son chemin. Aujourd'hui, il n'avait pas envie de s'éterniser avec eux, de leur demander des nouvelles, comme il le faisait souvent. Il se dirigea vers un autre immeuble et prit l'escalier jusqu'au premier étage. Quelques secondes après avoir frappé à une porte, un homme ouvrit. Il était grand et brun aux yeux marron.

— Nasser ! Ça fait plaisir de te voir, mon frère. Entre. Qu'est ce qui t'amène, mon frère ?

— Raouf, dis-moi, parmi les gars qui nous en veulent est ce que l'un d'eux a une sœur, une fille ou que sais-je qui est blonde ?

— Quoi ? Qu'est ce que ça peut t'apporter de savoir ça ?

— Il faut que je retrouve une fille.

Raouf attendit que Nasser lui explique ce qui se passait.

— Mélina s'est fait planter par une fille, dans le quartier. Je dois la retrouver et la faire payer.

— Sérieux ? Mélina… elle va bien ?

— Oui, elle va bien.

— Elle est où, là ?

— Chez moi. Elle dort.

— Tu l'as laissée seule ?

— Oui.

— Mais faut pas la laisser seule ! Imagine
elle se réveille et essaye de se lever. Elle
pourrait se faire mal.
— Je vais pas rester longtemps.

Raouf essaya de réfléchir, malgré son meilleur
ami qui faisait les cent pas dans la pièce
principale de l'appartement.

— Tu m'as dit que ça s'est passé dans la
rue. Il y a bien quelqu'un qui a vu
quelque chose, non ?
— J'en sais rien. Peut-être.
— Il faut que Mélina nous dise où ça s'est
passé exactement. On pourrait aller
demander aux gens qui habitent autour
s'ils ont vu quelque chose.
— Peut-être. Viens, on va chez moi.
— Attends. Promets-moi une chose. Que si
tu retrouves cette fille, tu ne lui fais
aucun mal. C'est le gars qui est derrière
elle qui doit payer.
— Non. Ce gars-là s'est attaqué à Mélina.
Il ne s'est pas dit qu'il ne devait pas
s'attaquer à une fille. Il n'est pas venu
me voir moi. Alors je ferais pareil. Sauf
que moi je détruirais les deux.

Raouf comprenait parfaitement l'envie de
Nasser de venger Mélina. Il connaissait leur

histoire. Ils sortirent ensemble de l'appartement et rejoignirent celui de Nasser. Mélina dormait encore. Nasser alla dans la cuisine et Raouf s'assît à côté d'elle. Le meilleur ami de Nasser avait toujours trouvé leur histoire très belle. Il admirait le courage qu'avait eu Nasser pour la sauver et la générosité dont il faisait preuve en prenant soin d'elle depuis quatre ans.

Il sortit de ses pensées lorsque Mélina se réveilla. Elle tenta de se redresser mais la douleur l'arrêta.

> — Raouf ? C'est toi ?
> — Oui, c'est moi. Ça va ?
> — Aussi bien qu'on peut aller après avoir été attaquée. Et toi ça va ?
> — Oui, ça va. T'inquiète pas, on va retrouver celle qui t'a fait ça.
> — J'en doute pas.
> — Faut que tu nous montres l'endroit exact où c'est arrivé. Ça pourra peut-être nous aider.

Mélina acquiesça. Au fond d'elle, elle se dit qu'elle ne leur dirait pas la vérité. Si Nasser trouvait cette fille, il allait lui faire du mal et s'attirer des ennuis. Soit de personnes voulant défendre la fille, soit de la justice pour s'être attaquée à une mineure. Et elle ne voulait pas qu'il ait encore plus de problèmes. Nasser revint de la cuisine avec un plateau, qu'il posa devant elle.

— Allez, mange. Il faut que tu reprennes des forces pour dans deux semaines.

Mélina avait espéré que Nasser changerait d'avis. Qu'avec ce qui venait de se passer, il déciderait de donner la mission à quelqu'un d'autre. Mais il fallait bien plus que ça pour arrêter l'homme déterminé et têtu qu'il était.

— Je ne pense pas être complètement rétablie dans deux semaines.
— Tu le seras. T'inquiète pas.

Mélina regarda Raouf. Il ne disait rien. Elle se demanda s'il était au courant, s'il connaissait la nature de ce qui allait se passer dans semaines. Déjà seulement deux semaines. Le temps avait avancé si vite. Ça faisait six mois qu'elle était au courant qu'elle allait devoir tué quelqu'un. En six mois, ça lui avait paru tantôt terrible, tantôt normal, à la fois facile à effectuer et à la fois infaisable. Elle s'était sentie capable, puis incapable, puis à nouveau capable, et ainsi de suite.

Mélina n'aimait pas le mal et ne voulait pas en faire, mais Nasser avait réussi à la persuader que la personne à qui elle devait ôter la vie le méritait. Qu'elle se sentirait mieux après ça, comme une vengeance de ce qui lui était arrivé, comme la dernière étape de son deuil. Elle n'allait pas le faire pour elle-même, elle allait le faire pour lui. Elle aurait fait n'importe quoi pour lui.

Il lui suffisait de demander.

CHAPITRE CINQ

Les jours passèrent et Nasser ne donna pas de nouvelles à Mélina sur son enquête sur la jeune fille. Mélina recommença à marcher normalement une semaine plus tard et rentra chez sa tante. Sa tante ne fut pas au courant de l'incident. Nasser lui interdit de lui en parler. Mélina ne tenait de toute façon pas plus que ça à lui raconter.

> — C'est dans une semaine, dit soudain Nasser alors qu'ils étaient tous les deux chez lui.
> — Je sais, Nasser.
> — Tu es prête ?
> — Non.

Un silence s'installa pendant quelques secondes. Les deux amis se regardèrent puis Mélina continua :

> — Mais si tu veux vraiment que je le fasse, je le ferais.

— Tu vas le faire. Tu sais que c'est très important.
— Oui. Je vais le faire.
— Récite-moi les étapes.
— Je vais dans la salle. Je m'installe et regarde le discours pendant une demi-heure. Je vais aux toilettes, et tu viens me donner l'arme. Je retourne dans la salle et je tire sur l'artiste.
— Très bien. Pourquoi tu dois faire cela ?
— Parce que c'est ce que mérite cet homme.
— Bien. Qu'est-ce qui va se passer après que tu ait tiré ?

Mélina ne répondit pas immédiatement. C'était la partie qui lui faisait la plus peur. Voyant que Nasser attendait une réponse, elle s'efforça de répondre.

— Les gens vont paniquer et sortir de la salle. Un homme présent dans le public va m'aider à m'échapper. S'il n'y parvient pas, je vais me faire arrêter par la police. Dans ce cas, un policier qui travaille avec toi est chargé de me libérer.
— Parfait. Tu connais par cœur. Je suis fier de toi.

Le visage de Mélina s'illumina, comme à chaque fois qu'il prononçait cette phrase. Nasser connaissait l'effet que ses belles paroles avaient sur elle. Et il savait très bien les utiliser pour avoir d'elle ce qu'il voulait. Pour la faire devenir ce qu'il voulait qu'elle devienne.

— Et n'oublie pas, si la police t'interroge, tu ne dois pas parler de moi. Jamais.
— Je sais.
— Si tu parles de moi, je pourrais être amené à te faire des choses que je ne veux pas te faire.

La jeune fille baissa les yeux. Elle avait peur. Nasser était la seule personne capable de lui faire peur en un regard ou en un mot. Il lui prit le menton et la força à relever la tête.

— Tout se passera bien. Je t'ai bien entraînée, non ?
— Oui.

Une semaine. Il ne restait qu'une semaine à Mélina. Elle sentait son cœur vriller à chaque fois qu'elle y pensait. Elle avait un mauvais pressentiment. Quelque chose en elle lui disait que ça allait mal se passer. Dans une semaine, elle serait seule, face à la personne qu'elle devra tuer. Avec pour une seule loyale compagnie une arme. La personne qui allait mourir avait peut-être une famille. Une femme, des enfants, des parents. Mais à elle aussi, on lui avait enlevé sa famille. Quand elle y pensait, l'idée d'anéantir de tristesse la famille de sa victime lui faisait un peu moins mal.

Elle avait vu sa propre vie se détruire, devant ses yeux, à l'âge de quatorze ans. Elle avait vu sa maison brûler et ses parents, ainsi que sa petite sœur, une petite fille qui avait la vie devant elle, périrent parmi leurs biens. Elle avait vu sa propre vie s'écrouler, ses repères s'effondrer. Ce qu'elle avait gagné ne valait pas ce qu'elle avait perdu. Elle aimait beaucoup Nasser et les personnes qu'elle avait rencontrées grâce à lui, mais évidemment qu'elle aurait préféré rester auprès de sa famille. Même si ça aurait voulu dire ne jamais vivre tout ce qu'elle avait vécue depuis leurs morts. Son cœur ne se brisait plus autant qu'avant lorsqu'elle pensait à eux. Elle avait accepté le fait qu'elle ne les reverrait jamais. Elle ne pleurait plus à chaque fois qu'elle y pensait.

Elle pensait à eux tous les jours. Parfois, elle imaginait ce qu'aurait été sa vie s'ils étaient encore là. Sa petite sœur aurait onze ans aujourd'hui. Elle serait bientôt adolescente. Il lui arrivait d'imaginer les activités qu'elles auraient faite ensemble, les conseils de grande sœur qu'elle lui aurait donnés, leurs disputes, leurs fous rires. Et chaque jour, sans exception, elle finissait par chasser ces pensées de son espoir et par continuer d'avancer, la tête haute. Comme Nasser lui avait appris. Il lui avait appris à se relever, à avancer la tête haute malgré les aléas de la vie, à toujours se battre pour s'en sortir. Elle se disait parfois qu'il lui avait réappris à vivre, car même cela elle ne savait plus vraiment le faire.

Nasser était conscient de cela. Il savait qu'il l'avait sauvée, aidée et relevée. Il était conscient de l'influence qu'il pouvait avoir sur elle. Au quotidien, ce n'était pas quelqu'un de mauvais, en tout cas pas avec la jeune fille, mais ça faisait longtemps qu'il prévoyait son plan d'effectuer un meurtre. Il avait choisi Mélina car elle était jeune et qu'elle lui accordait une confiance aveugle. Il était triste pour elle qu'elle ait perdu sa famille mais cela aidait pour son plan qu'elle n'ait pas quelqu'un qui la surveille. Sa tante estimait que Mélina était assez grande et la laissait faire ce qu'elle voulait, déjà occupée à s'occuper de ses enfants à elle.

Quatre ans auparavant

Des flammes, rien que des flammes. Mélina sentait le désespoir l'envahir. Elle était trop jeune pour mourir. Elle venait de fêter ses quatorze ans, une semaine auparavant. Son père, sa mère et sa petite sœur étaient dans la pièce voisine. Ils avaient arrêté de crier depuis au moins une minute. Et dans ce genre de situation, une minute paraissait être une éternité. Elle voulait se précipiter jusqu'à eux mais les flammes lui barraient la route.

Elle pensait très fort à sa petite sœur, de seulement sept ans et elle sentit son cœur se déchirer mille fois. Un homme, sorti de nulle part, comme un ange tombé du ciel surgit devant elle. Il était bien plus grand que la jeune fille, plutôt mince, et à en juger par les traits de son visage il n'avait pas plus de trente ans. Ses grands yeux noirs frappèrent la jeune fille. Ils étaient magnifiques. Elle voulut hurler mais aucun mot ne sortit de sa bouche. Avant qu'elle n'ait eu le temps de dire quoi que ce soit, l'homme l'attrapa et avec une facilité impressionnante, se fraya un passage parmi les flammes. Ils sortirent tous les deux de la maison, indemne.

— Ça va ? Tu n'es pas blessée ? dit-il et elle entendit pour la première fois la voix de son sauveur.
— Ils… ils sont encore dedans.
— Tout va bien. C'est terminé.

Des larmes coulaient sur les joues de la jeune fille. Elle eut l'impression de vivre la pire tragédie de sa vie, le pire cauchemar. Mais ce n'était pas qu'une impression.

— Mes parents… ils sont dedans… et ma petite sœur.

L'homme lança un regard à la maison en feu. Il fut triste pour elle. Ses parents et sa petite sœur étaient sûrement déjà morts.

— Je dois aller les chercher.

Elle se leva du sol sur lequel Nasser l'avait déposée et tenta de se précipiter vers la maison, comme si elle ne voyait plus les flammes. Il l'attrapa à nouveau, la tirant vers lui.

— Tu ne peux pas y aller ! C'est trop tard.
— Lâchez-moi ! Je dois aller les sauver. Je… je peux pas les laisser comme ça.

Elle hurlait et se débattait. L'homme prit le visage de la jeune adolescente entre ses mains.

— Écoute-moi bien, tu dois rester ici, avec moi. Les pompiers vont arriver. Ce qui vient de se passer est affreux mais ça va aller, d'accord ?

Comme pour confirmer ses dires, les premières sirènes de pompiers se firent entendre.

— Je m'appelle Nasser. Je vais rester avec toi pendant que les pompiers vont dans la maison voir où sont tes parents et ta sœur, d'accord ?

Nasser, malgré l'apparence sûre de lui qu'il prit pour ne pas faire davantage peur à la jeune fille, se sentait perdu. Il ne voulait pas faire de faux espoir à une enfant mais lui dire que les pompiers étaient arrivés trop tard était trop cruel, trop brut, trop dur. C'était dire que tout était fini, que plus rien ne serait jamais comme avant, qu'elle avait perdu les personnes qu'elle aimait le plus au monde. C'était briser tous les rêves d'une personne qu'il ne connaissait même pas. Et il n'était pas sûr d'en avoir la force.

— Comment tu t'appelles ?
— Mélina, répondit elle d'une petite voix.

— Très bien. Mélina. Ça va aller, d'accord ?

Quand elle rouvrit les yeux, tout était encore là. La maison, les pompiers, Nasser. Les pompiers éteignaient le feu. Nasser la regardait, inquiet. Elle aurait aimé que ça ne soit qu'un cauchemar mais c'était bel et bien réel.

— Reste là. Je vais parler aux pompiers, lui dit Nasser.

Elle obéit, désormais incapable de faire un seul pas. Nasser s'éloigna d'elle. Elle le regarda parler aux pompiers. Puis il revint vers elle, le visage assombri. Mélina comprit directement.

— Je suis désolé.

Ses derniers espoirs s'effondrèrent, se heurtèrent face à ces trois mois. Ses parents et sa petite sœur étaient morts. Personne ne les avait sauvés, comme on l'avait fait avec elle. Encore une fois, elle hurla. Encore une fois, il la prit dans ses bras et elle voulut s'y noyer. Fermer les yeux pour toujours. En quelques minutes, tout s'était écroulé. Sa vie entière n'avait plus de sens. Qu'est-ce qu'elle était censée faire sans eux ? Elle avait besoin d'eux. Ils ne pouvaient pas la laisser.

Et pourtant, c'était bel et bien le cas. Ils n'étaient plus là.

Un pompier vint vers eux.

— Monsieur, vous voulez qu'on s'occupe d'elle ?
— Je vais rester avec elle.
— Vous la connaissez ?
— Non. Je l'ai aidée à sortir de la maison, pendant l'incendie.
— C'est la seule survivante. Elle est mineure. Nous allons contacter quelqu'un de sa famille pour qu'ils viennent la chercher.
— D'accord. Je vais attendre avec elle.
— Merci de l'avoir sauvée avant notre arrivée.

Le pompier retourna aider ses collègues. Mélina sanglotait dans les bras de Nasser. Elle le fit jusqu'à l'arrivée de sa tante. Cette dernière arriva un quart d'heure après qu'elle ait été appelée.

— Bonjour Madame, lui dit Nasser. Vous êtes venue chercher Mélina ?
— Oui, je suis sa tante. Vous êtes ?

— Nasser, enchanté. J'ai aidé votre nièce lors de l'incendie.
— Enchanté. Veuillez m'excuser, nous devons y aller. Viens, Mélina, on rentre chez moi.

Mélina se détacha brusquement des bras de Nasser. Elle leva ses grands yeux verts embués de larmes vers sa tante.

— Je ne partirais pas d'ici.
— Pourquoi ?
— Je partirais pas. Je ne les laisserais pas.
— Voyons, Mélina, nous devons y aller. Il n'y a plus rien à voir ici.
— Plus rien à voir ici ? Il y a ma maison, ma famille ! Je ne partirais pas !
— Tout est en cendres. Il n'y a plus rien pour toi ici. Tu dois venir avec moi.

Le déni qui s'emparait de Mélina était glaciale. Elle ne pouvait pas partir d'ici, loin de toutes les personnes qu'elle aimait. Partir, c'était accepté que tout était terminé. Et elle était très loin de pouvoir le faire. Elle tourna son regard avec Nasser. Il eut l'impression qu'elle le suppliait de dire quelque chose, n'importe quoi qui lui redonnerait ne serait-ce qu'un peu de force.

— Je suis désolé mais ta tante a raison. Tu dois aller avec elle. Ce qu'il vient de se passer est horrible mais la vie doit continuer, coûte que coûte.

— Je ne peux pas continuer. Pas sans eux.

Ses mots lui firent mal, comme un coup de poing en plein cœur. Nasser la prit dans ses bras, une dernière fois. Il lui glissa un papier dans les mains.

— C'est mon numéro de téléphone. Tu peux m'appeler si tu as besoin. De quoi que ce soit.

Elle mit le papier dans sa poche.

— Je vais m'occuper de toi et te protéger. Je te le promets.

Mélina se détacha de lui, essuya d'un geste brusque les larmes qui inondaient son visage et partit avec sa tante. Elle ne pleura pas une seule fois durant le trajet jusqu'au quartier en banlieue parisienne où habitait sa tante.

Le soir même, elle envoya un message à Nasser, pour qu'il ait son numéro. Au cas où. Elle ne le savait pas encore, elle ne pouvait pas le deviner ou l'imaginer mais cet homme qui venait de lui sauver la vie allait devenir beaucoup plus que son sauveur.

Il allait devenir la personne toujours en vie qu'elle aimerait le plus au monde.

CHAPITRE SIX

Mélina pensa une dernière fois à sa première rencontre avec Nasser avant de se lever du canapé sur lequel elle s'était endormie la veille. Il était six-heures du matin. Et c'était le jour J. Après tant de jours, de semaines à y penser, d'entraînements interminables, elle était prête. Elle allait effectuer, tel un robot programmé, ce que lui avait enseigné Nasser.

Elle se trouvait déjà dans son appartement, ayant passé la veille à ses côtés. Ils avaient parlé de tout et de rien, comme s'il n'allait rien se passer de spécial le lendemain. Ils avaient parlé du jour où ils s'étaient connus, du drame qui s'était passé ce jour-là mais aussi de sujet plus joyeux, comme de musique, de cinéma et des belles choses qu'ils avaient chacun apporté à l'autre.

Mélina entendit du bruit venant de la cuisine et y rejoignit Nasser. Il était déjà debout et préparait le petit déjeuner. Il se tourna vers elle dès qu'elle entra dans la pièce.

— Tu es déjà réveillée ? Ça va ? Je nous prépare un petit déjeuner.

Un comportement aussi attentionné de la part de Nasser était rare. D'habitude, il lui donnait un petit déjeuner rapide et tout prêt mais aujourd'hui, il en avait préparé un grand. Mélina ne put s'empêcher que la dernière fois que c'était arrivé, hormis lors de ses anniversaires, c'était lors des premières semaines de son deuil.

— Qu'est-ce que tu attends ? Assieds-toi.

Elle se força à lui sourire et se demanda si cela était convaincant. Nasser se rendait toujours compte quand elle mentait. Et puis, même, qui aurait envie de sourire quelques heures avant de commettre un meurtre ?

Nasser s'assit à table et elle fit de même. Elle se força à manger un petit peu, malgré la peur qui lui coupait l'appétit. Il ne dit rien sur cela et la laissa quitter rapidement la cuisine pour aller se préparer. Elle resta longtemps dans la salle de bain. Chassant ses larmes, se préparant mentalement à ce qu'elle allait devoir subir. Même si c'était elle qui allait passer à l'action, elle était elle aussi une victime.

Elle s'habilla tout en noir et passa plusieurs fois le lisseur sur ses longs cheveux bruns. À sept heures, elle fut prête. À sept heures quinze, elle monta dans la voiture, aux côtés de Nasser qui conduisait. À sept heures vingt, ils furent à la gare et à sept heures quarante cinq, le train démarrait déjà. Pendant les plusieurs heures de route, ils ne parlèrent que peu. Ils s'étaient déjà assez parlé la veille. Elle savait que Nasser l'aimait très fort et qu'il était fier d'elle. C'était tout ce qui comptait dans son cœur.

Ils arrivèrent à Marseille et Mélina eut l'impression que c'était la fin. La fin de quoi ? Elle ne le savait pas vraiment mais elle eut l'horrible impression que tout était terminé. Encore une fois.

— Tu as faim ? demanda Nasser.
— Oui et toi ?
— Oui, viens, on va au restaurant.

Elle eut envie de lui hurler d'arrêter de faire comme si de rien n'était. Elle n'avait pas faim mais elle se dit que c'était préférable de ne rien dire à Nasser. Il était censé l'avoir préparée parfaitement. Mais dans ce cas-là, pourquoi ressentait-elle une affreuse peur, au plus profond d'elle ? Une peur qui lui prenait aux tripes, qui l'empêchait de penser correctement.

Ils trouvèrent un petit restaurant, non loin de la gare où ils prirent leurs repas. Mélina ne mangea que très peu mais assez pour ne pas inquiéter Nasser. Quand ils eurent terminé, ils rejoignirent l'hôtel où ils avaient réservé une chambre. Mélina ne put s'empêcher de penser qu'elle n'allait sûrement pas y dormir ce soir. Sûrement que lui non plus.

Toute l'après-midi, ils visitèrent la ville. La journée parut normale, en apparence. Mélina se sentit mal et elle se demanda si c'était le monde autour d'elle qui lui faisait cela ou simplement la présence de Nasser. Elle voulut lui dire qu'elle avait mal, qu'elle avait peur mais elle se retint. Pour la première fois de sa vie, elle eut l'impression qu'il ne pourrait pas la comprendre.

À dix-neuf heures, elle entra dans le théâtre, seule. Personne ne la regarda vraiment. Personne ne fit attention à elle. C'était exactement de ça dont avait besoin Nasser. De quelqu'un qu'on ne pouvait pas soupçonner d'avoir prémédité un meurtre. De quelqu'un qui n'avait ni le physique ni le comportement d'une criminelle. Elle entra dans la salle et personne ne lui vint en aide. On ne peut pas les blâmer. Comment auraient ils put savoir ?

Elle s'assit au milieu de la deuxième rangée. Invisible. Le discours commença rapidement et elle passa une heure à regarder l'homme qu'elle allait devoir tuer. Il avait presque l'air gentil. Mais Mélina savait que les apparences étaient souvent trompeuses. Elle se demanda s'il avait une femme, s'il avait des enfants. S'il y avait quelqu'un dans ce monde qui avait besoin de lui et qui se sentirait perdu sans sa présence.

Mélina avait une âme pure. Elle ne voulait pas faire de mal. Elle avait envie de s'en sortir, de vivre de belles choses et de se construire un avenir. Elle avait envie de le vivre auprès de Nasser, cet avenir, mais loin de l'illégalité qui dominait sa vie. Elle ne voulait pas qu'il continue de vendre la mort en petits sachets remplis de poudre blanche. Tout comme elle ne voulait pas tuer quelqu'un d'une balle dans le cœur. Alors, quand elle se faufila vers les toilettes du théâtre et qu'elle prit l'arme qu'on lui tendait, ce n'était pas vraiment elle, comme si quelqu'un d'autre contrôlait ses gestes à sa place. Ce n'était pas vraiment elle non plus quand elle retourna dans la salle et qu'elle tira sur l'homme qui parlait à son public depuis maintenant une demi-heure. C'est comme si elle n'était pas vraiment là non plus lorsque l'homme s'effondra sur la scène et que les gens hurlèrent.

Mélina regardait autour d'elle et elle se rendit rapidement compte que Nasser n'était pas là. Elle devait se débrouiller seule et elle avait soudain l'impression d'avoir oublié tout ce qu'il lui avait appris. Un homme la saisit par le bras et avant même qu'elle n'ait le temps de voir son visage, il l'emmenait déjà en dehors du théâtre. Il la conduit, avec une facilité étonnante, à travers la foule apeurée jusqu'à une voiture, qu'il démarra immédiatement.

— Je m'appelle Robin. C'est Nasser qui m'a engagé.
— Je sais. Il est où ?
— Je ne sais pas. Il ne t'a rien dit ?
— Non. Il s'est arrêté à l'étape où un homme m'aide à m'échapper.
— Je ne sais pas où il est. Mais en tout cas je sais ce que je dois faire.
— Qu'est-ce que tu dois faire ?
— T'emmener dans la cachette qu'il a préparée pour toi. Et ne pas toucher à un seul de tes cheveux si je veux pas finir en pièces.
— Il a dit ça ?
— Exactement mot pour mot.

— Ça ne m'étonne pas venant de lui. Tu le connais depuis longtemps ?

— J'ai grandi dans le même quartier que lui. On est pas vraiment potes, je l'aide juste pour quelques trucs. Ça m'aide que les gens me voient un peu traîner avec lui et moi je l'aide pour ces affaires donc on est tous les deux gagnants.

— Je vois.

— Et toi ? Ça fait quatre ans que tu le connais, c'est ça ?

— Oui, exactement.

— Je te vois de temps en temps avec lui dans le quartier. J'entends parler de toi comme étant sa petite sœur mais vu que ça fait que quatre ans que tu le connais je me doute que tu n'es pas sa vraie sœur.

— Non, je ne suis pas sa sœur biologique. Mais je le considère comme mon frère. Il a toujours été là pour moi, il m'a tout appris. Je l'aime pareil ou même plus fort que si c'était vraiment mon frère.

— Je vois. C'est beau ce genre d'amitié. Même si je n'arrive pas à imaginer Nasser prendre soin d'une petite sœur.

Mélina le regarda et Robin eut peur de l'avoir vexée. Elle ne l'était pas. Elle était même d'accord avec lui. Nasser n'avait ni la réputation ni le comportement de quelqu'un de doux et de gentil. Il savait faire preuve de gentillesse, elle le savait, mais ce n'était pas une chose qui se voyait immédiatement quand on avait affaire à lui. Elle comprenait donc que des personnes qui le connaissaient peu aient du mal à l'imaginer prendre soin d'elle. Mais il avait toujours pris soin d'elle, c'était vrai. Parfois à coup de sourires, d'attentions, de câlins et d'écoute, parfois à coups tout court. Elle s'efforçait toujours de se souvenir des meilleurs moments, qui étaient quand même plus nombreux que les mauvais. Il l'avait frappée, quelques fois, lorsqu'elle avait fait une connerie plus grave que les autres ou qu'elle avait dit quelque chose qu'il n'avait vraiment pas apprécié. Il l'avait insultée aussi et elle avait eu mal. Mais elle s'efforçait d'oublier et de se persuader qu'il ne recommencerait pas. À chaque fois un peu plus fort que la dernière fois.

— C'était pas méchant quand j'ai dit que je ne l'imaginais pas prendre soin de toi. C'est juste que…
— T'inquiète. Je ne l'ai pas pris mal.

Il soupira de soulagement. Mélina grimaça, terrorisée à l'idée de savoir qu'elle lui faisait peut-être peur. Elle ne voulait pas être comme Nasser. Pas sur ce point-là.

— Je ne devrais même pas te parler. Nasser
m'a dit de ne pas t'embêter. Désolé.

Mélina le regarda, étonnée. Ce n'était pas d'elle
dont il avait peur. C'était de Nasser.
Évidemment. Comment avait-elle pu penser le
contraire ?

— Tu ne m'embêtes pas.
— C'est gentil. Mais je tiens à ma vie.
— Il ne va pas te tuer parce que nous nous
parlons. J'ai encore le droit de parler à
qui je veux, quand même.
— Tu le connais bien, non ? Alors tu sais
bien comment il est.
— C'est quelqu'un de bien.

Robin ne répondit pas. Il se demandait si
Mélina avait accepté par elle-même de
commettre un meurtre ou si Nasser l'avait
obligée. Il essaya d'imaginer la vie de la jeune
fille auprès de cet homme qui lui le terrifiait. Il
se demanda comment faisait elle pour ne pas
avoir peur de lui.

— C'est vrai que ta famille est décédée
dans un incendie ?

Il essaya de trouver les bons mots mais sa phrase, une fois prononcée, lui parut horrible. Il regretta de ne pas l'avoir gardée pour lui.

— Oui. C'est Nasser qui m'a sauvée. La preuve que c'est quelqu'un de bien.
— Nasser t'a sauvé la vie ?

Il ne devait pas poser de questions. Son patron lui avait interdit de le faire. Il le tuerait s'il savait qu'il parlait ainsi avec sa protégée. Robin le savait, tout au fond de lui, mais il ne pouvait pas s'en empêcher.

— Oui. Il m'a sauvé la vie, répéta Mélina, comme pour se le dire à elle-même.

Il la regarda et elle se dit qu'elle était belle. Elle avait une mine fatiguée, et semblait ne pas être maquillée, et il ne put s'empêcher de se dire que s'il la trouvait belle ainsi, il la trouverait parfaite si elle était apprêtée. Mais aussitôt, il chassa cette pensée de sa tête, comme si Nasser pouvait y avoir accès.

— Et tu vis chez lui maintenant ?
— Non. Je vis chez ma tante. Mais je passe beaucoup de temps dans son appartement à lui, c'est vrai.
— Tu fais des études ?

— Oui. Je fais une licence de cinéma à l'université.
— Ça a l'air intéressant.
— Ça l'est beaucoup.

Mélina regarda la route qui défilait sous ses yeux et toute l'horreur de la situation lui revint en pleine face. Elle venait de tuer quelqu'un. Quand la voiture s'arrêta, il faisait déjà nuit. Mélina et Robin sortirent de la voiture et entrèrent dans la cachette qu'avait préparée Nasser. La pièce était composée d'un lit, d'un canapé, d'une télévision, d'une cuisine et d'une salle de bain. Il y avait un placard rempli de nourriture, comme si la jeune fille allait devoir y rester enfermée des jours. Robin tendit à Mélina des clés et un téléphone portable.

— Nasser m'a dit de te donner ça dès qu'on serait arrivés. Il y a son numéro dans le répertoire du téléphone. Il va te dire quoi faire. Tu ne dois pas sortir d'ici, sous aucun prétexte. Tu as compris ?
— Oui. J'appelle Nasser et je ne sors pas d'ici.
— Parfait. J'y vais. À plus tard.
— À plus tard.

À peine Robin parti, Mélina appela Nasser. Elle insista plusieurs fois mais il ne décrocha pas.

Elle finit par s'allonger sur son lit et par s'endormir immédiatement, épuisée. Elle se réveilla quatre heures plus tard. Son téléphone sonnait. Elle décrocha.

— Allô ?
— Allô. C'est Nasser. Ça va ?
— Ça peut aller. Je suis dans la cachette. Et toi ?
— Ça s'est bien passé avec Robin ?
— Oui.
— Bon, écoute-moi bien. À partir de maintenant, tu restes enfermée dans ta cachette. Tu as dans le placard de quoi tenir en nourriture et en eau pendant au moins deux semaines. Je viendrais te chercher avant.
— Deux semaines ? C'est très long.
— Je t'ai dit que je viendrais te chercher avant. Et ne me coupe pas.
— Désolé.
— Quand je viendrais te chercher, on fuira dans un autre pays.
— Pourquoi ne viens-tu pas maintenant ?
— J'ai quelques petites choses à régler avant. Mais je serais vite là, t'inquiète pas, petite sœur.
— Je t'aime, Nasser.

— Je t'aime aussi, ma sœur. Et, ah oui, une autre chose. Ne téléphone à personne, à part moi.

— D'accord.

Nasser raccrocha. Mélina se sentit mal. Tout lui paraissait inhabituel. La solitude qu'elle allait devoir supporter et qui lui faisait si peur. Le « Je t'aime aussi » de Nasser, qui l'effrayait presque. Ce n'était pas dans ses habitudes de lui dire ça.

Gênée par le silence, Mélina alluma la télévision. Elle tomba sur les informations. Elle eut une sensation étrange quand elle vit qu'ils parlaient de ce qu'elle avait fait. Quand elle changea de chaîne et se rendit compte qu'on parlait d'elle partout, elle prit peur et appela Nasser. Ce dernier décrocha à la dernière sonnerie.

— Allô ? Il y a un problème ?

Il paraissait pressé mais la jeune fille n'y prêta pas attention. Elle se sentait mal et avait besoin de lui parler. Il lui devait au moins ça.

— Ça va pas du tout… on parle de moi partout. J'ai peur. J'ai peur, Nasser. C'est horrible ce que j'ai fait.

— Calme toi, calme toi, ça va aller.
— Non, ça va pas aller. On parle de moi aux infos, Nasser ! Ils savent ce que j'ai fait. Il y a des tas de témoins. Je suis foutue.
— Il ne t'arrivera rien si tu continues de faire ce que je te dis.
— Ils vont me trouver et me mettre en prison. Et ils auront raison. Je le mérite, sanglota-t-elle.

Nasser voulut s'énerver mais se retint. Il était pressé et n'avait pas le temps d'écouter les lamentations de celle qu'il considérait comme sa petite sœur mais il se dit que crier sur elle accentuerait sûrement encore plus ses pleurs.

— Personne ne viendra te chercher à part moi. Il te suffit juste de m'attendre.
— J'ai…
— Chut, écoute-moi. Tout va bien se passer. Je te le promets. Je serais bientôt près de toi.
— Tu me le promets ?
— Oui. Je te le promets.

Mélina se sentit un peu soulagée. Nasser n'avait jamais trahi une seule de ses promesses. C'était une des choses pour laquelle elle l'aimait. Ses promesses étaient toujours réfléchies. Il ne promettait jamais quelque chose s'il y avait un pour-cent de chance qu'il ne puisse pas la tenir.

> — Je serais là dans maximum dix jours. Repose-toi. Ne regarde pas les informations si ça te fait peur. Je dois y aller, on se parle ce soir, d'accord ? J'aurais plus de temps.
> — Oui… je… Nasser ?
> — Oui ?
> — Je suis désolée ?
> — Pourquoi ?
> — Je suis désolée, c'est tout.

Nasser ne comprit pas vraiment ce que voulait dire Mélina mais il mit cela sur le compte de la fatigue et des regrets qu'elle ressentait sûrement. Il n'avait pas le temps de lui demander des explications.

> — À ce soir, petite sœur.
> — À ce soir, mon frère.

Elle était désolée, c'était vrai. Désolée d'être entrée dans sa vie il y a quatre ans et de l'avoir sûrement compliquée. Désolée de ne pas être aussi forte que lui, d'avoir souvent peur, de ne pas toujours être la sœur qu'il aurait mérité d'avoir, de ne pas être à la hauteur. Désolée d'avoir tué quelqu'un.

Elle essaya de penser à autre chose mais c'était dur à faire quand en étant enfermée seule dans une pièce presque vide avec l'interdiction de parler à qui que ce soit.

Elle pensa à Nasser et à la réaction qu'il aurait le soit même quand il lui téléphonerait et qu'elle ne décrocherait pas.

Évidemment qu'elle n'allait pas répondre à cet appel. Elle avait décidé de se rendre. Et il ne l'avait sûrement pas compris mais c'était de cela dont elle s'excusait quand elle lui avait dit qu'elle était désolée.

CHAPITRE SEPT

« Nasser,

Je sais que tu vas venir me chercher. Ce n'est pas un espoir vain auquel je m'accroche. J'en suis certaine. Tu vas venir me sortir d'ici. Et bizarrement, je crois que ça me fait encore plus peur que l'idée de rester toute ma vie en prison. J'ai peur de nos retrouvailles, de croiser à nouveau ton regard, peur de ce que tu vas dire, de ce que tu vas faire. Ce n'est pas grave d'avoir peur. Tu me disais souvent cela, tu t'en souviens ? Le plus important, c'est de surmonter sa peur. Mais aujourd'hui, je ne me sens pas capable de la surmonter. Ils disent que tu m'as manipulée, que tu t'es servie de moi car je ne suis encore qu'une enfant. Je sais que si tu étais là, tu me dirais qu'ils ont tort, que tu ne ferais jamais une chose pareille à quelqu'un que tu considères comme ta sœur. Je suis désolée, Nasser, mais je crois que cette fois ils ont raison. J'aimerais que ça ne soit pas le cas. Mais c'est le cas et ça me brise le cœur. J'avais confiance en toi. Je t'aimais tellement. Tu étais mon meilleur ami, mon frère, mon héros.

Tu m'as sauvée la vie, putain, Nasser. Comment peut-on faire une chose pareille à quelqu'un à qui on a sauvé la vie ? Tu m'as sauvée pour quoi faire ? Pour pouvoir détruire toi-même mon existence ou du moins ce qui en restait ? Ça aurait été plus simple de laisser directement les flammes faire le travail. Tu avais besoin de quelqu'un pour faire quelque chose d'horrible et tu savais que je ne dirais jamais non. D'ailleurs tu ne m'as même pas laissée le choix. Tu ne m'écoutais pas quand je te disais que je n'en étais pas capable. Je suis coupable et victime. Victime de toi mais bel et bien coupable d'avoir assassiné un homme. Je m'en voudrais toute ma vie, à cause de toi, je ne m'en remettrai jamais. Je me demande si la personne qui a mis le feu à ma maison ressent la même chose. Je ne le saurai jamais.

Tu m'as manipulée, tu t'es servie de moi. J'ai encore du mal à y croire, les mots sonnent étrangement dans mon esprit. Pourquoi la personne que j'aime le plus au monde me ferait-elle une chose pareille ? Qu'est-ce que j'ai fait de mal pour être trahie par la seule personne qui, depuis la mort de ma famille, donnait l'impression de me comprendre ?

Je suis désolée, Nasser, alors que c'est toi qui devrais l'être. J'imagine que ça veut dire que tu as bien réussi ton but de me retourner le cerveau. »

Enfermée dans une cellule, où elle se répétait à chaque minute qui passait qu'elle allait y passer le reste de ses jours, Mélina écrivait des lettres à Nasser. Des lettres qu'il ne lirait sûrement jamais. Qu'il le fasse n'aurait servi à rien.

Elle s'était rendue à la police. Et maintenant il ne lui restait que deux possibilités d'avenir : soit Nasser allait la tuer pour avoir désobéi à ses ordres, soit elle allait passer le reste de sa vie en prison. Et elle le méritait, elle en était persuadée.

Les forces de l'ordre avaient remonté jusqu'à Nasser. Il était désormais recherché. Et s'il la retrouvait, il allait lui faire payer. Elle en était persuadée. Elle pensa longuement à Ali, le jeune homme dont elle était profondément amoureuse et elle se demanda s'il pensait à elle en ce moment. Il l'avait quittée, quelques semaines auparavant, non pas parce qu'il ne l'aimait plus mais parce qu'il avait peur de Nasser. Une peur irraisonnée et glaçante qui avait brisé leur relation. Elle l'aimait tant, il était l'amour de sa vie. Mais il avait préféré l'abandonner. Il lui manquait beaucoup. Mais la réalité la frappait, réalité si cruelle : elle ne le reverrait plus jamais. Il y a tant de personnes, d'ailleurs, qu'elle ne reverrait sûrement plus jamais. À commencer par les personnes qu'elle aimait le plus au monde.

Mélina pensait à eux aussi, évidemment. Elle se dit que s'ils étaient encore en vie, si le feu n'avait pas ravagé son existence tout entière ce jour-là, elle ne serait pas dans cette situation. Elle serait libre et elle serait heureuse.

Puis elle pensa à Nasser, encore et encore. On lui avait dit qu'il l'avait manipulée. Qu'il s'était servie d'elle, car elle n'était qu'une enfant beaucoup trop influençable. Qu'il avait utilisé son triste passé pour la prendre sous son aile et l'obliger, par loyauté ou par peur, à commettre ce meurtre. Le jour de la mort de sa famille, elle n'était plus rien alors Nasser avait pu faire d'elle ce qu'il voulait. Elle en était consciente, désormais, mais son amour et sa reconnaissance envers lui restaient intacts. De la haine y était mélangée mais ça n'était pas nouveau. Elle l'avait toujours détesté, au fond d'elle mais la haine n'avait jamais su prendre le dessus sur l'amour.

Nasser allait venir la chercher. Elle le savait. Et s'il décidait de l'épargner, de ne pas la buter pour l'avoir presque trahi, il lui suffirait de faire un geste ou de prononcer quelques mots pour qu'elle retombe vers lui. Mais quel était le pire entre retourner auprès de cet homme et rester toute sa vie en prison ?

Les remords s'emparaient d'elle mais ils étaient plus tournés vers la trahison qu'elle pensait avoir faite à Nasser qu'envers le meurtre qu'elle avait commis. Et là était toute la preuve qu'ils avaient raison : il l'avait manipulée et il le faisait sûrement encore.

. . .

Mélina se réveilla en sursaut, alertée par une odeur qu'elle ne connaissait que trop bien, se l'étant remémorée mille fois dans l'horreur de ses souvenirs. Elle regarda autour d'elle et eut l'impression de revenir quatre ans en arrière. Le feu commençait déjà à prendre de l'ampleur. La jeune fille, incapable de bouger, se recroquevilla sur le lit de la cellule. Une pensée sombre mais réaliste lui traversait l'esprit : elle allait mourir de la même façon que ses parents et sa petite sœur.

— Je suis là, ma sœur. T'inquiète pas.

Mélina eut l'impression de rêver lorsqu'elle releva les yeux et que Nasser était bien là. Ce dernier l'a pris dans ses bras et la sortie de la cellule puis de l'enceinte de la prison. Ils montèrent tous les deux à l'arrière d'une voiture, conduite par un homme que Mélina n'avait jamais vu. Mélina pleurait et Nasser la serra fort dans ses bras.

— Je suis là maintenant, tout va bien. Nous sommes enfin réunis.

Sous le choc, elle lui était profondément reconnaissante. Il venait de la sauver, encore une fois. L'idée qu'il avait lui-même provoqué le feu pour la faire évader ne lui vint pas à l'esprit. Elle se contenta de se blottir dans ses bras, prise de violents sanglots mais soulagée que son sauveur soit de retour.

•••

Mélina se réveilla, sans savoir combien de temps elle avait dormi. Nasser n'était plus à côté d'elle. Il était assis à côté de son complice, qui conduisait toujours la voiture. Ils parlaient tous les deux. Elle n'osa pas les interrompre et attendit, pendant près d'une demi-heure, la fin de leur conversation.

— Ça va ? lui dit soudain Nasser, se tournant vers elle.

— Ouais… et toi ?

— Ça va. Je te présente Tom. Il m'a aidé à te faire échapper de prison.

Tom la salua, rapidement et froidement. Elle fit de même. Elle se demanda si son caractère était ainsi ou si l'homme ne l'appréciait déjà pas. Mais elle n'en avait pas grand-chose à faire, trop concentrée à se demander si Nasser était énervé contre elle. Quand le silence s'installa, Mélina se rendit compte de tout. C'était Nasser qui avait provoqué le feu. Il savait à quel point elle était traumatisée par l'incendie, il savait que c'était sa plus grande peur et il l'avait quand même fait.

— C'est toi ? lui demanda-t-elle, des larmes dans la voix.

— De quoi ?

— C'est toi qui as mis le feu ? Tu m'as fait ça ? Tu m'as trahie ? Encore une fois ?

Cette fois, elle ne put plus retenir sa colère. Elle avait hurlé sa dernière question.

— Arrête de crier.

— Tu sais très bien ce que j'ai vécu ! T'es d'ailleurs la seule personne au monde à tout savoir dans les moindres détails ! La seule personne au monde, tu comprends ça putain ? Et tu m'as quand même trahie !

— Je t'ai dit d'arrêter de crier.

Le ton de sa voix était ferme, ce qui en temps normal aurait arrêté Mélina. Mais cette fois-ci, Mélina était tant blessée qu'elle ne mesura pas l'impact que pouvait avoir son comportement envers Nasser.

— Ne me dis pas ce que je dois faire ! T'es qu'un connard, Nasser. Un connard. Tout ce que tu veux c'est avoir le pouvoir sur moi. Que je te vois comme mon sauveur. Mais tu sais quoi ? Je te déteste. Je t'ai jamais aimé.

D'un geste, Nasser stoppa la voiture. Il en descendit, ouvrit la porte à l'arrière et attrapa violemment Mélina. Il la poussa par terre et lui donna plusieurs coups. Elle essaya de se protéger de ses bras.

— Répète ce que t'as dit, lui dit Nasser.

— T'es qu'un connard.

Elle était si blessée qu'elle voulait qu'il le soit aussi. Qu'il comprenne ce que ça fait. Elle voulait voir de la tristesse dans ses yeux mais tout ce qu'elle vit, lorsqu'elle le regarda, c'était de la haine. Il la frappa une nouvelle fois, plus fort, et elle cessa de parler, le souffle coupé par la douleur. Elle avait mal mais la pire douleur était celle qu'elle ressentait à l'intérieur d'elle depuis tellement longtemps. Les années étaient passées et elle avait souvent eu l'impression d'être anesthésiée, de ne plus rien ressentir mais la souffrance finissait toujours par revenir, dix fois plus forte que la fois d'avant.

— Ne t'avise plus jamais de me parler de cette façon.

Nasser remit Mélina dans la voiture avant de refermer les portes, de monter à son tour et de faire signe à Tom de démarrer. Son complice était resté silencieux tout le long de la scène, se contentant de les regarder dans le rétroviseur. Le reste du trajet se fit en silence. Mélina était toujours en colère mais elle se retint de s'énerver. Elle ne voulait pas qu'il la blesse davantage.

Elle repensa à tous ces soirs où le monde lui paraissait un peu trop sombre, la vie un peu trop insupportable et où elle se réfugiait dans les bras de Nasser, comme s'il était la seule personne au monde capable de la protéger d'elle-même. Elle repensa à l'amour inconditionnel qu'elle lui portait, à la confiance aveugle qu'elle lui avait offerte, incapable d'imaginer qu'il finirait par la détruire. Elle eut peur mais elle ne put s'empêcher qu'il suffirait qu'elle redevienne gentille avec lui pour que tout s'arrange. Si elle s'excusait, il y avait beaucoup de chance qu'il lui pardonne. Il l'aimait bien trop pour lui en vouloir plus de quelques heures.

Elle savait qu'il l'avait manipulée, qu'il l'avait forcée à tuer quelqu'un et que c'était de sa faute s'ils étaient désormais recherchés par la police. Elle savait qu'il avait mis le feu à la prison, sans se soucier que c'était son pire cauchemar. Mais elle avait si peur de vivre sans lui. Il était tout ce qu'il lui restait depuis la mort de sa famille. C'est sûrement pour cette dernière raison que lorsque la voiture s'arrêta et que Nasser la poussa dehors, elle se précipita vers lui et le serra dans ses bras. Il mit quelques secondes à réagir, surpris par cet étrange élan d'affection.

— Je suis désolée. Je ne sais pas ce qui m'a pris de te parler comme ça. C'est la peur qui a parlé. Je ne peux plus supporter de voir du feu. Mais tu as fait ça pour me sauver. Alors merci. Je suis vraiment désolée.

— On oublie, lui répondit-il simplement.

Nasser lui rendit son étreinte et elle fut heureuse. Il lui avait pardonné. Mais ça n'effaçait pas tout le reste et sa joie s'évapora aussi vite qu'elle était arrivée. Qu'est-ce qu'ils allaient devenir maintenant ?

— On va passer la nuit ici.

Mélina se tourna face à la maison que Nasser montrait du doigt. Elle ne l'avait même pas remarquée en descendant de la voiture. La maison semblait inhabitée voire abandonnée.

— Et demain on partira. Très loin d'ici, ajouta Nasser.
— Comment ça ?
— Tu verras.
— On va s'enfuir dans un autre pays ?
— Oui.
— Mais… je ne veux pas quitter la France.
— Il n'y a plus rien pour nous ici. On va aller se construire une belle vie ailleurs. J'ai beaucoup d'argent. On va pouvoir être heureux. Ensemble.

Mélina se retint de lui dire qu'elle ne serait jamais heureuse. Comment aurait-elle pu l'être, après tout ce qui s'était passé ces dernières années ? Ça faisait longtemps qu'elle avait abandonné l'idée de l'être un jour. Certaines personnes ne connaissent peut-être jamais le bonheur, le vrai, et elle l'avait acceptée.

Ils entrèrent tous les trois dans la maison. Elle était grande et bien entretenue. Mélina se demanda à qui elle appartenait et si c'était un lieu sûr mais elle ne posa aucune question. Nasser savait sûrement ce qu'il faisait. Elle n'avait pas à s'en mêler. Elle avait effectué ce que Nasser lui avait demandé, maintenant la seule chose qu'il lui restait à faire c'était de le suivre.

Après avoir mangé tous les trois, elle s'endormit, épuisée par les événements de la journée.

•••

« Nasser,

Je crois que les gens auraient voulu que je dise que j'étais constamment malheureuse avec toi, que rien n'allait jamais, que tu m'insultais et me frappais tout le temps. Je crois qu'ils auraient aimé entendre que t'étais quelqu'un de mauvais. Peut-être pour se persuader que ça ne pouvait pas leur arriver à eux. Qu'ils n'avaient pas quelqu'un comme toi dans leur entourage. Que ce genre de choses se serait vu dès les premiers instants passés avec la personne.

Mais la vérité, c'est qu'il y a eu un jour où tu m'as sauvé la vie et des milliers où l'on a ri tous les deux. La vérité, c'était que j'étais heureuse à tes côtés et que tu étais la personne la plus merveilleuse que je connaissais. Je n'ai jamais imaginé que tu étais en train de me faire devenir quelqu'un d'autre, quelqu'un que je ne voulais pas devenir.

Je crois que les gens auraient aimé m'entendre dire que je ne ressens que de la haine contre toi. Mais ce n'est pas le cas. Je n'ai pas de haine envers toi, en tout cas pas plus qu'avant.

Je t'aime autant que je déteste, Nasser, mais ça ce n'est pas nouveau. »

Assise dans la pénombre d'une des chambres de la maison, Mélina écrivait à Nasser ce qu'elle n'aurait jamais la force de lui dire. Quand elle entendit un bruit, signe que lui ou Tom s'était réveillé, elle cacha ses écrits. Que Nasser lise ses écrits serait la pire chose qui pourrait encore lui arriver.

CHAPITRE HUIT

Dès sept heures du matin, ils prirent la route tous les trois, Nasser au volant. Tom restait silencieux la plupart du temps. Il semblait plongé dans ses pensées. Mélina aussi pensait beaucoup. Elle ne pouvait pas s'en empêcher. Elle avait peur de la suite. Sa vie au quartier lui manquait déjà. Et encore plus sa vie auprès de ses parents. Elle essayait de ne pas penser à Ali mais c'était compliqué d'oublier son premier et seul amour. Elle ne pouvait plus rêver d'un avenir à ses côtés et ça lui brisait le cœur. Elle était tombée éperdument amoureuse à son arrivée dans le quartier de Nasser, il y a quatre ans mais elle avait longtemps gardé ses sentiments pour elle. Il y a huit mois, Ali avait fait le premier pas et ils s'étaient mis ensemble. Et maintenant, voilà qu'elle ne le reverrait plus jamais. Tout s'était écroulé en si peu de temps.

Pourquoi Nasser avait mis tant de temps et d'énergie pour la reconstruire si c'était pour la détruire à nouveau quelques années plus tard ? Soudain, toutes les actions et tous les mots de Nasser lui parurent faux. Comme s'il avait joué un rôle chaque seconde qu'il avait passée auprès d'elle. Qu'il avait porté un masque qu'il ôtait que quand elle ne le regardait pas. Un masque qu'elle n'avait même pas été capable de voir. Elle s'en voulait terriblement, à elle-même, de s'être laissée embobiner par cet homme. Elle en voulait au monde entier, de l'avoir laissée entre ses mains, à sa merci. De ne jamais être venue la sauver.

Quatre ans auparavant

Mélina ne réalisait toujours pas ce qui était arrivé la veille. Le feu avait détruit sa vie, son avenir et ses rêves. Il lui avait tout pris et elle avait désormais l'impression d'être morte de l'intérieur. Quelque chose en elle était parti dans l'incendie.

L'homme qui lui avait sauvé la vie ne sortait pas de ses pensées alors elle finit par lui téléphoner. Peut-être que lui, il pourrait la comprendre. Du moins mieux que sa tante, qui lui répétait sans cesse qu'elle devait être forte.

— Allô ?
— Allô… c'est Mélina.
— Oui, je sais que c'est toi, tu m'as envoyé ton numéro. Ça va ?

Nasser regretta immédiatement la question qu'il venait de poser. Évidemment que non, ça n'allait pas.

— Désolé. Cette question est stupide. Est-ce que tu as besoin de moi ?

Mélina ne sut pas quoi répondre et elle se sentit stupide d'avoir appelé un inconnu. Personne ne pourrait l'aider. C'était trop tard.

— Mélina ?
— J'y arrive pas.
— Je vais venir te voir, d'accord ? Envoie-moi un message avec l'adresse de ta tante.
— D'accord.

Nasser raccrocha et Mélina lui envoya son adresse par message. Dix minutes plus tard, il fut là. C'était peut-être un hasard ou peut-être le destin : il habitait dans le même quartier. À peine arrivée en bas de l'immeuble que Mélina se jeta dans les bras de son sauveur.

— Merci de m'avoir sauvé, lui chuchota-t-elle.
— Ne me remercie pas. J'ai fait ce qui était normal. Tu tiens le coup ?

Elle se détacha de ses bras et le regarda longuement dans les yeux. Le regard de Nasser était très profond et expressif. Il lui donnait l'impression qu'il pouvait lire en elle, deviner ses pensées.

— Non. Je ne vais pas tenir le coup.
— Je vais t'aider.

Elle continua de le regarder et quelque chose dans son regard lui dit qu'il ne mentait pas. Il voulait l'aider et il allait le faire. Nasser ne paraissait pas être le genre de personne à dire des paroles en l'air. Elle ne le connaissait pas encore bien mais en un regard, on pouvait deviner que c'était un homme fier et sûr de lui.

— Tu veux venir chez moi ? lui proposa-t-il. Je peux te présenter ma femme et mon fils si tu veux.

Mélina accepta. Elle n'avait plus rien à perdre, de toute façon. Quand elle entra dans l'appartement et qu'elle vit Anna, la femme de Nasser, un petit garçon dans les bras, son coeur se brisa davantage. Ils étaient une famille unie. Comme elle l'était avec ses parents et sa sœur, avant que tout s'écroule pas plus tard qu'hier.

— Je te présente Mélina, la jeune fille
    dont je t'ai parlé, dit-il à l'intention de
    sa femme.
— Oh… Je suis contente de te rencontrer.

Mélina comprit directement que Nasser avait
raconté à Anna ce qui s'était passé la
veille. Cela l'importa peu. Elle trouva cela
normal qu'il en ait parlé à sa femme. Ce n'est
pas tous les jours qu'on sauve la vie de
quelqu'un.

•••

Mélina sortit de ses pensées. Il commençait à
faire nuit. Ils avaient roulé toute la journée et ne
s'étaient arrêtés qu'une seule fois.

— On va dormir où ? demanda-t-elle.
— On va continuer de rouler. Toi, dors si
    tu veux.
— On ne veut pas s'arrêter pour la nuit ?
— Non, on n'a pas de lieu sûr avant
    plusieurs kilomètres.

Elle soupira. L'idée de dormir dans la voiture
ne la réjouissait pas mais elle savait qu'elle ne
pourrait pas persuader Nasser de s'arrêter dans
un hôtel. Il dirait sûrement que c'était trop

dangereux. Elle s'allongea sur les sièges à l'arrière de la voiture et regarda le ciel.

> — Vous me manquez tellement, chuchota-t-elle.
> — Tu as dit quoi ? lui répondit Nasser.
> — Je ne parlais pas à toi.
> — Tu parlais à qui ?
> — Laisse tomber.

Nasser fronça les sourcils. Tom ne prêta pas attention à leur discussion, concentré sur la route.

> — Je suis là si t'as besoin de parler d'eux.

Mélina se concentra pour ne pas pleurer. Depuis quelques jours, sa famille lui manquait terriblement. Elle ressentait quelque chose d'étrange. Elle se dit que c'était peut-être parce qu'elle allait bientôt les rejoindre. Elle aurait dû mourir le même jour qu'eux, elle en était souvent persuadée. Pourquoi avait-elle été épargnée, alors que sa place était auprès de ses proches ? Plus le temps passait et plus elle se doutait qu'il ne lui restait que peu de temps. Que Nasser finirait par la tuer. Ou qu'elle se tirerait elle-même une balle dans la tête. Mourir ne lui faisait pas peur. Il y avait peu de choses qui l'effrayaient, depuis le drame.

Un an auparavant

Nasser et Mélina étaient assis face à la seine. Il faisait nuit, depuis longtemps. Ils regardaient le ciel. Ces étoiles que l'un aimait regarder d'en bas et que l'autre voulait rejoindre.

— J'ai un projet. Pour toi et moi.

Nasser avait prononcé ces mots d'une voix qui n'annonçait rien de bon mais Mélina était loin de se douter de l'ampleur.

— Ah oui ? C'est quoi ?
— C'est quelque chose d'important. Je t'en parlerais en temps et en heure.
— Je vais devoir faire quelque chose ?
— Oui. Quelque chose de très dur à accomplir. Mais je vais t'y préparer.
— D'accord.

Mélina se concentra à nouveau sur les étoiles. Son cœur se mit à battre fort mais elle n'y fit pas attention.

• • •

En repensant à ce moment, Mélina s'en voulu à elle-même. Elle n'avait rien vu alors que tous les signes étaient là, devant elle. Même son cœur, qui s'était affolé à peine avait-il parlé de son projet, avait essayé de la prévenir qu'elle encourait un danger. Elle aurait dû fuir, demander à sa famille ou du moins ce qu'il en restait de la protéger de Nasser. Mais c'était sûrement impossible. Elle était déjà piégée, à l'instant même où il l'avait sauvée des flammes. Pas de retour en arrière, il avait déjà gagné.

— Tu penses à quoi ? lui demanda-t-il soudain.
— À rien.
— T'avais l'air bien préoccupée pour quelqu'un qui pense à rien.
— Tu trouves ?
— Tu pensais à eux ?
— À qui ?
— Tes parents et ta petite sœur.
— Non.

Nasser la regarde et elle comprit qu'il ne la croyait pas.

— D'ailleurs Mehdi ?
— Quoi Mehdi ? lui demanda-t-il d'un ton froid, comme si d'être séparé de son fils n'avait pas d'importance pour lui.
— Il est où ? Pourquoi tu ne l'as pas emmené ?

— Il est chez mon frère. Sa femme va s'occuper de lui. T'inquiète pas.
— Il a besoin de toi. Tu es son père.
— Il avait surtout besoin de sa mère. Mais elle a préféré se casser et ne jamais donner de nouvelles.

Peut-être que Nasser n'était pas finalement aussi invincible que Mélina le pensait. Peut-être qu'il avait mal que sa femme soit partie, même s'il ne l'avait jamais montré. Mélina se demanda si l'homme qu'elle avait tué avait un rapport avec l'ex-femme de Nasser. Et si c'était son nouveau mari ? Ou quelqu'un qui l'avait aidé à s'enfuir ?

— Elle te manque ?
— Qui ?
— Anna. Ta femme.
— Ce n'est plus ma femme. Et non, elle ne me manque pas.

Mélina regarda Nasser dans les yeux mais elle ne vit rien. Elle n'était pas aussi douée que lui pour percevoir le mensonge dans un regard. Lui, il savait deviner beaucoup de choses seulement en la regardant.

— Moi si j'avais été mariée à Ali et qu'on aurait eu un enfant ensemble, je pense qu'il me manquerait beaucoup.
— Elle a décidé de s'en aller. C'est son choix. Je ne vais pas passer des années à pleurer son absence. Je ne vais pas gâcher ma vie pour elle. Elle ne le mérite même pas.
— Je comprends.
— Et Ali non plus ne le mérite pas. S'il t'aimait, il serait resté.
— Partir ne veut pas dire ne plus aimer. Anna t'aimait. Elle n'avait juste plus la force.

Nasser ne répondit pas mais Mélina su que ses mots avaient résonné en lui. Elle avait raison. Anna aimait Nasser. Il avait été son premier amour, l'homme qu'elle avait épousé, celui qu'elle était fière d'avoir à ses côtés. Quand elle était partie, ce n'était pas par manque d'amour. Elle ne supportait plus la vie dangereuse que lui apportait son mari.

— Votre conversation est vraiment déprimante, intervint Tom.
— C'est vrai qu'elles le sont souvent, répondit Nasser. Mais elles sont à l'image de ce monde. Tristes et cruelles.

— En même temps vous venez de tuer
quelqu'un donc je devrais pas
m'attendre à des discussions joyeuses.
— On s'en fout de lui. Un pourri de moins
sur terre.

Tom sourit à la remarque de Nasser. Mélina,
elle, n'avait même plus envie de sourire. Elle
gardait pourtant presque toujours le sourire
d'ordinaire mais là, elle était épuisée.

Elle finit par s'endormir à l'arrière de la voiture.
Et toute la nuit, elle rêva de la même chose : le
visage de l'homme qu'elle avait assassiné.

CHAPITRE NEUF

« Nasser,

Quand on rencontre quelqu'un lorsque plus rien ne va dans notre vie, que tout s'est écroulé et qu'on se raccroche à cette personne, ça finit rarement bien. Mais *évidemment que ça finit mal sinon ça ne finirait jamais.*

Tu as pris la place d'un père qui est parti, d'un frère que je n'ai jamais eu, d'un sauveur que je n'aurais même pas dû avoir à connaître. Tu as pris tant de place dans ma vie, tant de rôles. Tu t'es tout octroyé. Tu m'as sauvé la vie puis tu me l'as reproché tous les jours, subtilement, alors que je ne t'avais rien demandé.

Je restais en vie pour pouvoir un jour te rendre tout ce que tu avais fait pour moi. Pour pouvoir te sauver à mon tour. Je voulais te rendre fier parce que les personnes envers qui j'aurais dû vouloir le faire n'étaient plus là. Je voulais te sauver de toutes ces choses qui te détruisent alors que je n'avais même pas la force de me sauver moi-même.

Je voulais exister à tes yeux, que tu me regardes enfin réellement. Je me raccrochais à ces bribes d'amour que tu me donnais, ces quelques félicitations qui ne sortaient de ta bouche que quand je faisais exactement ce que tu me disais de faire. Ces encouragements que tu ne me donnais que quand c'était en ta faveur.

S'il n'y avait eu toutes ces choses derrière, tous ces vices, est-ce que tu te serais occupé de moi comme tu l'as fait ?

L'inconnu que tu étais le jour où ma vie s'est écroulée a pris rapidement trop de place dans mon existence. Tu es devenu omniprésent et ça a brisé une nouvelle fois ma vie.

Si je pars rejoindre les personnes avec qui j'aurais dû partir il y a quatre ans, qu'est-ce que tu vas faire ? Tu vas trouver une autre personne à sauver, l'obligeant par la même occasion à t'être loyal ? Ou est-ce que tu vas arrêter tes conneries et refaire ta vie dans le pays où tu as prévu d'aller avec moi ? Dis-moi, Nasser, est-ce que tu me regretteras ? Est-ce que tu te rappelleras tous les jours de moi ?

Si je pouvais construire une vie loin de toi, je suis sûre que tu me manquerais. Je suis sûre que je croirais te voir dans tous les hommes que je verrais, dans leurs regards, dans leurs sourires. Tu seras toujours omniprésent, comme tu l'as toujours été.

J'aurais pu tout te donner, tout l'amour, toute la force du monde, que tu m'en aurais quand même encore demandé.

J'aurais aimé être à ta place. Avoir le coeur noir, ne pas avoir de sentiments, ne pas avoir mal. J'aurais aimé devenir forte au point de ne plus rien ressentir. C'est peut-être la seule façon de s'en sortir dans ce monde. Ou en tout cas dans le monde dans lequel on vit, toi, moi et tous ceux que tu appelles tes frères et tes sœurs.

Le cœur aussi noir que tes putains de yeux. »

Mélina lui écrivait, encore et encore. Toutes les choses qu'il était trop dangereux de lui dire en face, elle les mettait sous forme de lettres. Nasser les lirait peut-être un jour, lorsqu'elle serait loin de lui, d'une manière ou d'une autre. Elle espérait que ce jour, il comprendrait que le chemin qu'il avait choisi n'était pas le bon. Et que c'était cruel de lui avoir imposé de le suivre.

La voiture s'arrêta au milieu de la nuit. Nasser en descendit et ouvrit la porte arrière.

— On est arrivés. Descends.

Mélina se releva et sortit de la voiture. Ils étaient arrivés devant un grand bâtiment. La rue était très sombre et mal éclairée. Mélina n'avait aucune idée d'où ils étaient, dans quelle ville, dans quel endroit. Ils avaient roulé pendant des heures et elle avait dormi la moitié du trajet. Elle suivit Nasser à l'intérieur du bâtiment puis jusqu'au cinquième étage. Une fois arrivé en haut, il sortit une clé et ouvrit l'une des nombreuses portes du couloir qui s'étendait devant eux.

— C'est un appartement à toi ?
— Pas vraiment. C'est à un pote à moi. Mais il est vide. On va pouvoir y rester quelques heures.

La porte s'ouvrit et la lumière s'alluma, offrant à leur vue l'appartement. Ils y passèrent le reste de la nuit.

•••

Quand Mélina se réveilla, elle mit quelques secondes avant de se rappeler dans quelle situation elle était désormais avec Nasser. Ils étaient en cavale. Sûrement recherchés par des tas de gens. La jeune fille avait peur. Plus le temps passait et moins elle était sûre que Nasser tiendrait sa promesse : celle de toujours la protéger, quoi qu'il arrive. Elle aurait aimé que tout ça ne soit qu'un rêve ou qu'un cauchemar, mais elle était bel et bien réveillée. Elle avait faim mais le silence dans l'appartement ne lui donnait pas envie de se lever et de s'aventurer hors de la chambre que Nasser lui avait attitrée. Elle attendit un quart d'heure avant d'entendre du bruit venir de la cuisine et d'aller rejoindre son frère.

— Ça va ? lui demanda-t-elle.
— Oui et toi ? Tu as bien dormi ?
— Oui.
— Super. On reprend la route dans une heure.

Mélina ne dit rien. Contredire Nasser n'aurait servi à rien. Elle n'avait pas envie de fuir le pays mais c'était sûrement la seule chose à faire. Elle devait suivre Nasser, de toute façon, elle n'avait pas d'autres choix. C'était trop tard. Il était le seul à pouvoir la protéger de la prison.

— Tom est où d'ailleurs ?

— Il est parti dormir ailleurs. Mais il va venir avec nous.
— Pourquoi il fuit le pays lui ?
— Parce qu'il a envie d'aller vivre ailleurs. Il n'est pas en cavale. Mais je vais lui donner de l'argent pour l'aide qu'il nous a apportée. Ça va l'aider pour sa nouvelle vie.
— Donc il fait ça pour l'argent ?
— J'imagine, oui, pourquoi ?
— Pour rien. Je me demandais juste.
— La plupart des personnes qui commettent des crimes ou aident ceux qui en ont commis un, c'est pour l'argent. Les hommes ne pensent qu'à ça de toute façon.

Et moi, je l'ai commis par loyauté envers toi ce crime, avait-elle eu envie de lui répondre. Mais il ne pourrait pas comprendre. Il disait que les hommes ne pensaient qu'à l'argent alors qu'il était le premier à se jeter sur des trafics illégaux juste pour en avoir. Prêt à tuer des vies pour améliorer la sienne avec des choses qui brillent et de belles voitures.

— Bon, on y va, lui dit Nasser dès qu'ils eut fini leur petit déjeuner.

Ils reprirent la route, rejoint par Tom. Mélina ne connaissait toujours que peu ce dernier. Il ne lui adressait presque pas la parole, toujours occupé à le faire envers Nasser. C'était parfois comme si elle n'était pas là, comme s'il ne la voyait pas. Il avait peur de Nasser, comme la plupart des hommes qui travaillaient avec lui.

— Tu crois qu'on va se faire attraper par la police ? demanda soudain la jeune fille, brisant l'ambiance en mille morceaux.

Nasser se tourna vers elle, les sourcils froncés. Elle soutenait son regard, essayait d'y voir quelque chose. Il ne semblait ne rien ressentir. Ses yeux étaient trop profonds pour être vide mais ce qu'on pouvait lire dedans était indéchiffrable.

— Non, répondit-il simplement et Mélina fut déçue par sa réponse qu'elle jugea trop brève.

Tom se concentrait sur la route mais Mélina se dit qu'il écoutait sûrement leur conversation.

— Tu es sûre ?
— Plus que sûr.
— Si je suis attrapée, je vais prendre perpétuité.

— Je te dis que ça n'arrivera pas.

Mélina se tue. La voix de Nasser s'était
haussée. Elle ne s'y attendait pas, alors que
c'était prévisible. Elle essaya de mettre son
attention sur le paysage qui défilait devant ses
yeux. C'était une belle journée. Ou du moins,
ça aurait pu l'être, s'ils n'étaient pas en fuite.
Elle se posait tant de questions, auxquelles
Nasser ne répondrait jamais, malgré qu'il était
le seul à pouvoir le faire.

« Nasser,

C'est déjà la quatrième lettre que j'écris. La
septième sera sûrement celle de mes adieux, si
je ne trouve pas d'autre solution d'ici-là. Je ne
sais pas combien de temps je vais réussir à vivre
avec la mort de quelqu'un sur la conscience
mais je sais que ça se compte en nombre de
mois. Nous ne fêterons pas le prochain nouvel
an ensemble. C'est tout ce que je sais.

Quand le désespoir a envahi ma vie, j'ai trouvé
dans tes bras tout ce qui me manquait, tout ce
que je venais de perdre. L'espoir, l'amour, le
courage. Tu es devenu ma bouée de sauvetage,
mon refuge, mon repère. Tu as toujours été là,
dans les meilleurs moments, mais surtout dans
les pires. Et c'est ça qui fait toute la complexité

de notre relation. Tu m'as sauvé la vie puis tu m'as tenu en vie. Comment en vouloir à quelqu'un qui en a autant fait pour nous ?

Je t'ai toujours tout pardonné. Les coups, les insultes, les conneries dans lesquelles tu m'emmenais. Je t'ai pardonné de ne pas avoir toujours su me pardonner.

Tu es l'homme qui m'a réappris à vivre.

Tu as été mon monde.

Et aujourd'hui, je ne sais plus vraiment qui tu es pour moi. L'impression d'avoir découvert une facette de ta personnalité que je ne connaissais pas ou plutôt que je refusais de voir.

L'homme qui m'a sauvé la vie me manque. Celui qui avait l'air d'être quelqu'un de bien. »

CHAPITRE DIX

Les heures passaient et Mélina réfléchissait à ce qu'elle allait faire. S'échapper, mais pour aller où ? Rester avec Nasser et continuer de faire tout ce qu'il disait de faire, quitte à devoir encore faire des choses illégales ? Ou bien partir loin de lui mais aussi loin de ce monde ? Un dilemme se passait en elle et elle savait qu'elle ne pourrait jamais choisir. Elle était bien trop loyale envers Nasser pour s'échapper et elle n'était pas sûre d'avoir le courage de se donner la mort.

Peut-être que c'était ça son destin à elle. Rester auprès de Nasser. Peut-être que son destin avait été scellé ce triste de jour où elle avait tout perdu. Pas de retour en arrière, pas d'espoir d'un autre avenir. Tout avait été détruit ce jour-là et l'idée que Nasser avait tout reconstruit n'était qu'une illusion. Il l'avait plutôt enfoncée davantage.

La voiture s'arrêta et Tom en sortit.

> — Il va où ? demanda Mélina, qui n'avait pas suivi la conversation.

— Il va chercher à manger.

Un silence s'installa et Mélina eut mal de voir à quel point leur relation se dégradait. Ils n'avaient plus rien à se dire, eux qui partageaient tout d'habitude. Quelque chose s'était brisé entre eux depuis qu'elle s'était rendue à la police et qu'il avait dû venir la libérer de prison. Elle l'avait trahie. Il lui en voulait sûrement.

— Je peux te poser une question ? tenta elle.
— Oui.
— Est-ce que tu m'en veux ?
— Pourquoi je t'en voudrais ?
— Parce que je me suis rendue à la police.
— Non. Je t'en veux pas. T'as fais ça parce que t'avais peur. J'aurais dû être plus présent pour toi. Le principal, c'est qu'on soit à nouveau ensemble.
— Ils ont remonté jusqu'à toi. À cause de moi.
— Ils remontent toujours jusqu'à moi. Mais ils ne m'attrapent jamais.

C'était vrai, malgré les nombreux délits qu'il avait commis, Nasser n'avait jamais été en prison. Sa capacité à se sortir de toutes les situations impressionnait Mélina. Il était si fort à ses yeux. Elle n'était pas la seule à le voir ainsi. C'était un homme respecté et craint. Il savait comment se comporter avec les autres, prendre les jeunes sous son aile pour les mieux manipuler. Il fallait mieux être son ami que son ennemi. Mais plus Mélina réfléchissait et plus elle se rendait compte qu'être son ami était tout aussi dangereux.

— Bientôt, tout ça sera derrière nous, ajouta Nasser, brisant le silence.

C'était peut-être le cas pour lui mais, ça ne l'était pas pour Mélina. Elle ne pourrait jamais oublier ce qu'elle avait commis.

— Si c'était aussi simple que ça.
— Ça peut l'être, si tu le décides. De toute façon, je m'occupe de tout. Il te suffit de me suivre.
— Et si je ne veux pas te suivre ? Et si j'en ai marre de ne faire que ça, depuis quatre ans ?

Les mots étaient sortis tout seuls et comme souvent avec Nasser, Mélina regretta instantanément de les avoir laissés échapper de sa bouche. Ses yeux noirs la fixaient et elle avait peur.

— Tu ne peux pas faire autrement.
— Pourquoi ?
— Tu es en cavale. Il n'y a que moi qui puisse t'aider. Si tu ne me suis pas, tu vas aller où ? En prison.
— Peut-être que je préfère être en prison qu'être avec toi.

Tom entra dans la voiture au moment où elle prononça le dernier mot. Nasser détourna le regard pour le poser sur le repas que lui tendait l'homme. Il le prit. Mélina fit de même. Elle mangea en silence, pendant que Tom et Nasser reprenaient leur discussion. Elle se demanda ce que Nasser pensait de ce qu'elle venait de dire. Il lui en voulait sûrement. Certainement depuis longtemps, même s'il disait le contraire.

La voiture s'arrêta à nouveau que tard le soir. Les deux hommes descendirent et Mélina fit de même. Ils rejoignirent un appartement, au deuxième étage cette fois. Nasser ne parla que quand Tom avait disparu de leur champ de vision.

— Tu préférerais vraiment être en prison qu'être avec moi ?

La question fit mal à Mélina. Elle sentait tous les reproches du monde dans la voix de Nasser.

Il l'avait sauvée et elle osait lui parler de cette manière, lui dire de telles choses. C'était ce que disait le ton de sa voix.

— Non.
— Tu es sûre ?
— Je suis juste complètement perdue. Et j'ai très peur.
— T'inquiète pas. Il ne t'arrivera rien. Je te protège.

Les mots de Nasser n'avaient plus le même effet sur Mélina. Il pouvait dire ce qu'il voulait, elle aurait toujours peur. Le temps où il lui suffisait de dire quelques mots pour la rassurer était révolu.

— Je sais.
— C'est juste quelques mauvais moments à passés. Après, on sera heureux tous les deux.
— Mais on aurait pu l'être sans tuer quelqu'un, non ?

Nasser fut déboussolé par la dernière question de celle qu'il considérait comme sa petite sœur, mais il se reprit rapidement.

— On devait le faire. Je t'expliquerais mieux un jour. Pour le moment, c'est mieux que tu ne saches rien.
— Je dois savoir. Qu'est-ce que cet homme avait fait pour mériter de mourir ?
— Je t'en parlerai un jour. Je te le promets.
— Pourquoi pas maintenant ?
— Ce n'est pas le moment. On a plein de choses à faire.
— S'il te plaît, Nasser, j'ai besoin de savoir. S'il a fait quelque chose d'horrible, je m'en voudrais moins. J'accepterais mieux ce que j'ai fait.
— Je ne peux vraiment pas. Mais un jour, je pourrais. Sois patiente.

Mais Mélina était arrivée au bout de sa patience. Elle n'en pouvait plus que Nasser lui cache des choses, soi-disant dans le but de la protéger alors que c'était sûrement surtout dans le but de se protéger lui-même. Elle voulait tout savoir de cet homme à qui elle avait ôté la vie.

— Ça n'a aucun sens. Je suis impliquée dans cette affaire. J'ai tiré sur cet homme, je l'ai fait juste pour toi et je n'ai même pas le droit d'avoir des réponses à mes questions ?
— Tu en auras.

— C'est toujours pareil avec toi. Tu ne
veux jamais rien me dire.
— Tu es trop jeune. Il y a des choses que tu
ne dois pas savoir.
— Et je ne suis pas trop jeune pour tuer
quelqu'un, par contre ça non ?

Nasser était exaspéré par les mots de Mélina,
mais ne pouvait même pas lui en vouloir. Sa
colère était légitime.

— C'est plus compliqué que ça.
— Alors explique-moi.
— Pas maintenant. Mais je t'expliquerai un
jour, je te le promets, d'accord ?

Nasser voulu prendre sa petite sœur dans ses
bras, mais elle le repoussa.

— Laisse tomber. Bonne nuit, lui dit-elle
d'une petite voix.

•••

« Nasser,

Si je devais parler de toi à quelqu'un, je ne sais
pas quel mot j'emploierai. Parce que, même
moi, je me le demande tous les jours : qui es-tu
vraiment ?

Dans tes grands yeux noirs, on peut voir autant de bonté que de noirceur. Dans ton sourire aussi. Quand on est trompé par tes grands gestes, tes grandes accolades et tes discours, on se dit que tu es un homme bien. Ça ne veut pas dire que tu ne l'es pas. Mais disons que tu as trop de vices cachés. C'est peut-être comme ça qu'on devient quand on survit aux pires drames que l'être humain peut vivre.

Tes grands yeux noirs m'effrayaient souvent, tout comme ils m'ont aussi souvent beaucoup aidés. En un regard, tu me donnais la force de continuer. En un sourire, tu rallumais les lumières de ma vie.

Tu es quelqu'un de très intelligent, de cultivé et de sensé. On peut beaucoup apprendre à tes côtés et j'adorais t'écouter parler pendant des heures. Ça faisait presque taire le vacarme qui se passait souvent dans ma tête, quand je pensais à tout ce que j'avais perdu.

Toi, moi et notre relation née d'un drame. Un drame en entraîne un autre. J'ai été la victime du premier et la coupable du deuxième.

Victime de toi, de ta vision de la vie que tu m'as imposée, victime de ce système de merde, de cet endroit où la violence est parfois à son apogée.

Il aurait fallu que n'importe quoi te retarde ce jour-là pour que je meure dans l'incendie et que je ne te rencontre jamais. Ou que quelqu'un d'autre me sauve et que je ne te rencontre jamais non plus. Il aurait fallu d'un tout petit détail.

Tu m'as intégrée si vite à ta vie, à ta famille, comme si j'en avais toujours fait partie. Comme si c'était normal pour toi de t'occuper d'une enfant que tu ne connaissais même pas. Moi, je n'avais pas le choix de m'attacher à toi. C'était de la survie. Mais toi, tu avais le choix. Et tu as fait celui-ci. Tu aurais pu en faire un autre. Tu aurais pu me sauver la vie et ne jamais me revoir.

Mais tu as fait le choix de rester.
Mais j'ai fini par devoir payer chaque chose que tu m'as donnée.

Maintenant, je le dis, et tu peux le prendre mal, dire que je ne vois pas la chance que j'ai et que tu n'es pas fier de moi, ça m'est égal : j'aurais préféré mourir avec eux.

M'avoir sauvé la vie m'a apporté plus de mal que de bien, à long terme. C'est cruel de forcer quelqu'un à vivre sans les personnes dont elle a besoin. De se sentir seule au monde pour toujours, même en étant trop entourée.

Je me sens vide depuis qu'ils ne sont plus là. Et l'espoir que tu pouvais combler ce vide était qu'illusion. J'ai des blessures sur mon cœur que rien ne pourra jamais soigner. Et penser que tu pourrais les réparer ces blessures, c'est l'une des choses les plus bêtes auxquelles j'ai cru.

Mais je croyais à tout, du moment que ça sortait de ta bouche.

J'aurais aimé que notre relation ne devienne pas toxique, car l'affection qu'on a l'un pour l'autre est si forte que l'on aurait pu tout affronter ensemble.

Je t'aime, mon frère, et ça sera vrai pour l'éternité, ne l'oublie pas. »

CHAPITRE ONZE

Sept heures et demie du matin. Voilà trente minutes que Nasser et Mélina attendaient Tom.

— On part sans lui, dit soudain Nasser.
— Quoi ? Pourquoi ?
— Ce n'est pas normal qu'il soit autant en retard. Soit il nous a abandonnés soit il s'est fait prendre.
— Mais il a peut-être un problème ! Il faut aller le voir. Il a dormi où cette nuit ?
— Non. On ne peut pas prendre le risque. On s'en va. Monte dans la voiture.

Mélina trouva que Nasser n'avait pas de cœur pour laisser tomber quelqu'un qui l'avait aidé. Elle n'aimait pas spécialement Tom, mais cela lui fit mal.

— T'es sûr ? C'est ton ami quand même.
— Ce n'est pas mon ami. Allez, monte.

Elle monta à l'avant de la voiture, à contrecœur.

— Il a peut-être besoin de nous.
— Ce n'est plus mon problème.

La voiture démarra et Mélina se demanda pendant longtemps ce qui avait bien pu arriver à Tom.

•••

« Nasser,

Les années passées à tes côtés ont été les plus réalistes de ma vie. J'ai vu la violence de ce monde à son paroxysme. Ce monde que je voulais parfois tant fuir.

Je ne souhaite à personne de vivre ce que j'ai vécu, de ressentir cette douleur qui dévaste tout. À tes côtés, j'ai vu des choses horribles. Tu voulais me protéger de tout, mais peut-être que tu étais la seule personne dont j'avais réellement besoin d'être protégée. Ça, tu n'y as jamais pensé. Tu ne pouvais pas me protéger de toi-même.

Si j'ai une part de tort dans l'histoire, si j'ai mal fait quelque chose, si je t'ai causé du tort ou si je t'ai blessé, à un moment ou à un autre, alors je suis désolée. Ce n'était pas mon but. J'aurais aimé qu'on soit heureux tous les deux. Mais je crois qu'on est trop brisés pour l'être.

Je t'ai vouée une affection et un respect sans limites. Je t'admirais tant et tu représentais tout ce que je voulais être. Mais plus le temps passe et plus, je me rends compte que vouloir être comme toi, ce n'est pas une bonne idée. Tu me l'as dit une fois et je n'y ai pas cru.

Tout te réussit. C'est ça qui donne envie d'être comme toi. Mais l'on ne se rend pas toujours compte que tout réussir a un prix, un prix qu'on n'est pas forcément prêt à payer.

Je sais que si tu m'avais connu dans un autre contexte, d'une autre façon, je ne me serais pas attaché à toi. Ou du moins, je ne t'aurais pas laissé me manipuler. La situation était parfaite pour toi.

Et si tu as profité du pire événement de ma vie pour me manipuler alors, tu es définitivement le pire homme que j'ai connu.

Mais une part de moi n'y croira jamais. »

• • •

En fin d'après-midi, ils arrivèrent dans le pays où Nasser avait décidé de fuir. Ils avaient quitté la France. Ils avaient réussi.

— On va habiter où ?
— Chez mon meilleur ami, Raouf.
— Il est ici ?
— Oui. Il a une maison ici. Il a pris l'avion hier pour nous rejoindre.

Mélina se doutait depuis longtemps que Raouf était dans le coup, mais ces derniers jours, elle n'avait pas pensé à lui. Quand ils arrivèrent devant la maison, elle eut du mal à se dire qu'ils allaient habiter ici désormais, loin de toutes les personnes qui partageait son quotidien depuis quatre ans.

Raouf serra Nasser dans ses bras. Les deux amis riaient ensemble et Mélina se demanda comment ils trouvaient la force de rire dans une situation pareille.

— Je suis trop heureux, dit Raouf. On va se construire une belle vie ici, tous les trois.

La jeune fille ne comprenait pas l'enthousiasme de Raouf. Le bonheur lui semblait inaccessible. Elle était persuadée qu'elle ne pourrait jamais être heureuse. Encore moins maintenant.

— Mélina ? Ça va ? demanda Nasser.
— Oui, ça va.

— T'es sûre ? T'as l'air ailleurs.

Elle se força à lui sourire. Il le lui rendit. Un sourire sincère. Elle savait les reconnaître.

— Oui, ça va. Je suis juste fatiguée.

Toute la soirée, elle la passa à regarder le bonheur de Nasser et de Raouf. Ils riaient, parlaient, faisaient de grands gestes et elle elle était là, assise à côté d'eux, à faire semblant de sourire.

Elle avait mal, mais elle ne pouvait pas leur dire. L'écart qui se formait entre elle et son grand frère, la distance qui s'immisçait dans leur relation lui brisait le cœur. Elle ne voulait plus qu'il la manipule. Mais elle ne voulait pas perdre leur incroyable complicité. Mais l'un n'allait pas sans l'autre. Elle était perdue, plus que jamais.

Tant de choses lui manquaient, tant de moments, tant de personnes. Elle se brisait le cœur elle-même en pensant à tout ce qui lui était arrivé. Toutes les mauvaises choses, mais aussi toutes les bonnes, qui n'arriveront plus jamais.

Elle avait le cœur brisé, depuis bien trop longtemps. Elle avait parfois même l'impression de ne plus en avoir, de cœur. Mais la douleur revenait toujours, lui rappelant qu'elle en avait un.

Ils passèrent la soirée tous les trois. Dans la joie, en apparence. Mais Nasser ne se doutait pas que ce soir-là, Mélina arriva à la conclusion que la seule façon de sortir de son emprise, c'était de se donner la mort.

CHAPITRE DOUZE

« Nasser,

J'aurais aimé pouvoir te dire que j'ai la force de continuer, de me battre pour atteindre le bonheur. J'aurais aimé pouvoir dire, au nom de toutes les femmes qui sont dans une relation toxique, que je vais m'en sortir et me détacher de toi.

Mais dans mon cas, et uniquement dans le mien, je sais que ça ne sera pas possible.

Je suis trop abîmée pour ça. Et surtout, j'ai été trop loin. J'ai tué quelqu'un. Tu imagines l'amour que j'avais pour toi pour aller jusqu'à là ?

Personne ne connaît notre histoire, du début à la fin, personne ne connaît chaque détail et tu sais quoi ? Personne ne peut comprendre.

Je n'aime pas faire du mal. Mais mon attachement et ma confiance envers toi étaient si puissants que j'ai été jusqu'à en faire beaucoup trop. Il était trop tard lorsque je m'en suis rendu compte. Maintenant, je ne peux pas revenir en arrière. Mais je ne peux pas non plus vivre avec ça.

Tu es si fort, alors je sais que ça ira pour toi quand je ne serai plus là. Sinon, je ne l'aurais pas fait. Je ne t'infligerais pas mon absence si je savais que tu ne pourrais pas la supporter. Tu as la capacité d'être heureux sans moi. Moi, je ne l'ai pas. Sans toi, je ne suis plus rien. Sans toi, je me noie, je coule, je sombre. Et cette pour cette raison que je dois m'en aller. Ça ne peut plus durer.

Je ne peux pas simplement m'en aller de tes bras, alors, je vais m'en aller de ceux de la vie. »

• • •

Au milieu de la nuit, alors que les deux hommes avaient fini par s'endormir, Mélina fouilla dans les affaires de Nasser et y trouva ce qu'elle recherchait : une arme.

Elle se tira une balle dans la tête.

Quand il se précipita vers elle, réveillé par le bruit de la détonation, il était trop tard.

Nasser se posa une seule question.

Comment la personne qu'il aimait le plus au monde avait-elle pu lui faire une chose pareille, l'abandonner lâchement après tout ce qu'il avait fait pour elle ?

Parce qu'*évidemment que ça finit mal, sinon ça finirait jamais.*